责任编辑：莫多　中忱
装帧设计：邓中和
责任校对：张坦
版式设计：沈和

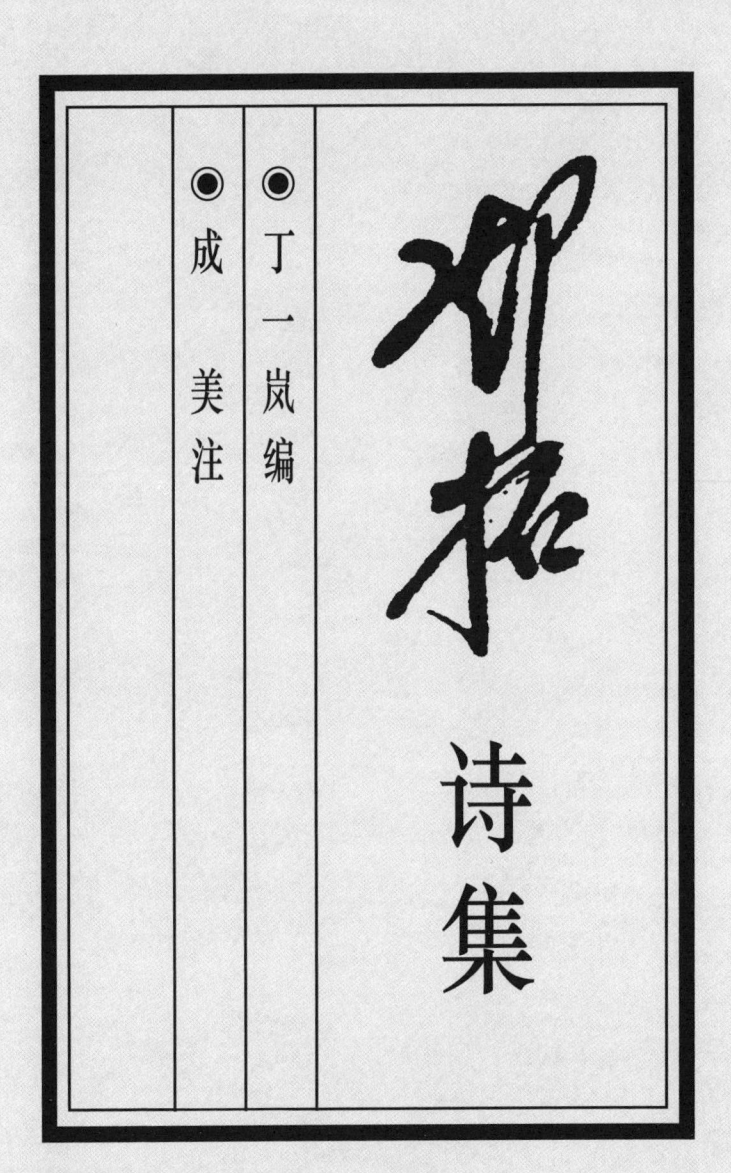

邓拓诗集

- 丁一岚 编
- 成美 注

邓拓诗集

丁一岚 编
成 美 注

中国社会科学出版社
2014.5·北京

图书在版编目（CIP）数据

邓拓诗集／丁一岚编；成美注．—北京：中国社会科学出版社，1993.8（2014.6重印）

ISBN 978-7-5004-1430-8

Ⅰ.①邓… Ⅱ.①丁…②成… Ⅲ.①诗词—作品集—中国—当代 Ⅳ.①I227

中国版本图书馆 CIP 数据核字（2014）第 110506 号

出 版 人	赵剑英
责任编辑	李炳青
责任校对	林福国
责任印制	王　超

出　　　版	中国社会科学出版社
社　　　址	北京鼓楼西大街甲 158 号（邮编 100720）
网　　　址	http://www.csspw.cn
	中文域名：中国社科网　　010-64070619
发 行 部	010-84083685
门 市 部	010-84029450
经　　　销	新华书店及其他书店

印刷装订	北京君升印刷有限公司
版　　次	1993 年 8 月第 1 版
印　　次	2014 年 6 月第 2 次印刷

开　　本	850×1092　1/32
印　　张	10
字　　数	179 千字
定　　价	30.00 元

凡购买中国社会科学出版社图书，如有质量问题请与本社联系调换
电话：010-64009791
版权所有　侵权必究

佳客能来不费招 名花未落如相待

诗思、诗情、诗魂
——我喜爱邓拓的诗

少年时期，在语文老师的指导下，我就喜欢学习并背诵旧体诗词，念起来词句很美，朗朗上口。那时家中姐妹时常看些旧书，几个人争相背诵《木兰辞》、《长恨歌》，《葬花吟》之类的古诗词，作为文字游戏，也颇有兴味。抗日战争爆发，我到了华北敌后的晋察冀抗日根据地。当时战斗紧张，能看到的书很少，学生时代学的东西不能再继续，更没有学习古典文学的机会。因此，对于旧体诗词我虽然爱好，但只能算个诗盲。

到了晋察冀，就听说边区宣传、新闻岗位有位领导干部叫邓拓，还听说他是个才子，写文章出手快，出口成章，写得流畅锋利；又能写诗，倚马可待；字也写得好，潇洒挺俊。

1938年，邓拓是《晋察冀日报》的社长兼总编辑。1939年，我在平山县妇女抗日救国会当了报社的通讯员。因为写稿往来，我们通信了。他那热情流畅的语言，秀丽潇洒的笔迹，按现代话说，对我颇有"魅力"。通信一年后，我们相见了。

邓拓和我第一次见面是在平山县的一个小山村，相见后，月色中他送我回住处。第二天，我就接到他的信和一首诗，诗曰《初晤》："山村曲水夜声沉，皓月霜花落木天。盼澈清眸溪畔影，寄将深虑阿谁边？矜持语短长悬忆，怅惜芜堤不远延。待得他时行箧里，新诗绮札读千篇。"每次接到他的信和诗，我自然异常喜悦，总是仔细吟哦再三、再四，爱不释手。爱情诗常有浪漫色彩，他的一首《对花》诗，后两联是"山高路远声声怨，院静阳和日日斜。安得生成飞燕翼，轻身一掠入君家。"这些诗更增加了我对他的爱恋。以后因为我们仍在两地工作，平时只好写信，交流感情，加深了解。邓拓给我的信感情热烈而深沉，每信必有诗，他的热情和诗把我征服了。1942年3月我们结婚了。

1944年秋，因工作关系我们又分居两地，一次反扫荡前夕，他以诗代信，寄给我长长的《战地歌》四拍，深切地表露了真挚纯洁的缠绵情谊。其中写道："漫负笈携囊早登程，且休回首，向莽莽平沙去处舞干戈，莫念那恒岳巍巍云里人（注邓拓字云特）""别离滋味浓还淡，欲诉又笺残，想将心绪谱奇弦，弹与知音人不见。"最后两句是："独立西风里，珍重复珍重！"我极其珍惜他给我的这首长诗。1948年解放战争胜利在望，在一个风和日丽的下午，我请他把这首《战地歌》抄在丝绢上。史无前例的"文革"中，抄家成风。为了保存这方诗绢，我小心翼翼地把它缝在棉衣的内襟里。经历漫长的十年灾害后，它才重见天日。

我爱邓拓的诗，当然不仅仅限于他给我写的情诗。邓拓一生大约写了500多首诗词。他的诗词风格多样，有的写铁马金戈的战斗或是火热喧腾的建设，诗情豪放慷慨；有的歌唱自然美景、儿女柔情，情思绵绵，清新绝尘。这许多诗词十年浩劫中全遭劫毁，最近这些年，在朋友们的帮助下，我的全家费尽艰辛搜集他的诗文。现在这个集子里刊登的400多首，是迄今为止所能找到的最完全的邓拓的诗词了。

"诗言志"。对邓拓来说，他在这方面是体现和运用得较好的。他有目的地把诗词作为为人民服务的工具。记得1938年，抗日战争爆发时间不长，晋察冀抗日根据地处于初创时期，当时国家山河破碎，人们颠沛流离。邓拓在战争环境下办报，他写出了"发奋挥毛剑，奔腾起万雄，文旗随鼓战，浩荡入关东。"的豪迈诗句，热情奔放，充满民族解放的信心。他有相当多的诗配合斗争形势的发展，用来教育人民、激励人民。我认为他的诗艺术地体现了爱国主义和革命英雄主义精神。有位朋友赞叹地说："邓拓的诗词是政治和艺术结合为统一的美。"在抗日战争和解放战争时期，广大军民在生与死的斗争中历尽艰难，含辛茹苦，邓拓以诗词为武器，激励战友，鼓舞人民。

边区参议会副会长于力老先生（原燕京大学教授），关心时局，在敌人梳篦式的残酷的"扫荡"中，每天仍然能看到新的《晋察冀日报》，十分欣喜，特写《阅报》诗赠邓拓："新报犹然排日来，可怜鬼子妄相摧，饶他东荡西冲猛，扫着村村裂胆雷。"报社的同志们为了坚持出报，艰难地迁回游击战斗，付出了血的代价。邓拓紧张地指挥战斗行动与编报出报，同时还从容潇洒地不忘写诗。他给于老和诗说："挺笔荷枪笑去来，巍巍恒岳岂能摧。攻心一纸歼顽寇，更听千村动地雷。"战争中有些战友牺牲了，邓拓彻夜难眠，他含泪写出祭战友的诗句，如："塞外征魂心上血，沙场诗骨雪中灰"，苍凉悲壮。当然他并不气馁，坚定地鼓励报社同志"莫怨风尘多扰攘，死生继往即开来。"邓拓的诗思诗魂就寓于他的共产主义世界观之中；而他不惜生命为之奋斗的理想，又通过他的诗词表露出来。

邓拓的诗词在边区干部中争相传诵，和他同甘共苦、共同生死的报社战友更加喜爱他的诗。因为这些诗词喊出了时代的、民族的心声，抒发了我们每一个战士共同的战斗激情和崇高理想。那十几年血与火的战斗生活使人终生难忘。1964年夏天，邓拓在内蒙古和两位《晋察冀日报》的老战友周明、方炎军见面共同回忆往事时，邓拓写下了《内蒙忆旧》诗赠给他们，诗句是："当年北岳起烽烟，血洒林峦夕照边。午夜蹄声惊短梦，山村灯火照无眠。马兰路上青春影，鹞子河边战斗连。廿载艰辛回首处，东风卷地换新天。"后来许多战友看到这首诗，都很喜欢，纷纷请老邓写下来，装裱好挂在室内。谁能料到，1966年，"四人帮"妖风泛起，老邓写的诗成了这些战友们"参与""三家村反党集团"的罪证，诗幅被没收或撕毁，有关战友惨受折磨。诬陷与残害革命者的狂人们，肆意歪曲诗句，假造罪证，编造了许多"莫须有"的罪名。这些狂人是多么无聊、疯狂，又是何等愚昧呵！

战争年代过后，邓拓又以他的诗笔颂扬祖国建设，抒发对祖国壮丽河山和悠久文化的热爱。现在有的400多首诗词中，绝大部分是1949年以后写的。如《天安门》："举国欢腾起舞时，天安门下动遐思；春秋大事书万卷，不敌英雄纪念碑。"《水龙吟·颂十三陵水库》："群山环抱平湖，碧云绿水江南景；飞来北国，妆扮原野，浑成妙境。四十万人，半年劳动，功勋彪炳。看帝陵寂寞，沧桑一变；天与地，都惊醒！"（节录《水龙吟》上半阙）。类似这样内容的诗词，在邓拓的诗作中不胜枚举。

邓拓酷爱祖国的壮丽河山。由于采访、视察、养病，他到过不少地方，游历了祖国不少名山大川。壮丽的山河触发着邓拓的诗思灵感，这方面的诗约有一百五六十首。他真像个行吟诗人，一路调查访问，一路观赏，一路吟唱，写出了很多组诗：如《长江旅途口占》、《江南吟草》、《南游未是草》和《内蒙吟草》等等。这些诗仿佛随口占来，轻松别致，浮想联翩，字里行间处处流露出诗人热爱祖国、热爱人民的情怀。随便介绍两、三首，如《捣练子·勐川中记者》："毛锥动，彩云生，蜀水巴山若有情。展望高潮奔日夜，文章常助百家鸣。"短短27个字，生动地描绘了山河美景，大好形势，并且对新闻工作者提出鼓励与期望。《访郑板桥故居》："歌吹扬州惹怪名，兰香竹影伴书声。一枝画笔春秋笔，十首道情天地情。……"全诗50几个字，充满激情地赞美了他所喜爱的画家、诗人郑板桥和秀丽的风光。邓拓的一位诗友陶军同志对邓拓的诗曾有过中肯的评论："邓拓自幼酷爱大自然好山好水，酷爱祖国壮丽的河山。他对大自然的热爱是和他对于中华民族、神州大陆，尤其是正在建设的社会主义祖国的新面貌的热爱是融合交织在一起的，是构成邓拓的世界观和人生观不可分割的部分。"

邓拓的诗词中内容涉及方面较多，这里不一一赘述。其中有一部分是受报刊编者摧请的文字债，由于时间紧迫，仓促应酬，有的难免在艺术上显得简单草率。但他写诗的态度一直是认真求实的，在这些诗里也不乏警句箴言。

有一些诗，虽然不多，但对于了解邓拓的思想感情和他的诗词的特色却很有意义，有必要说几句。邓拓一生几次身处逆境，诗，是他内心情愫的倾诉。三十年代，他在上海、开封因从事党的地下工作，两次被国民党反动派逮捕。残酷的折磨，丝毫没有消磨他的斗志，他凛然无畏地发出"去矣勿彷徨，人生几战场。""大千枭獍绝，一士死何妨"的豪言壮语。当时家国残破，令人惆怅，他低吟着："只身天地余残泪，一眼河山尽断魂。"但是崇高的信仰仍然支持他坚定如山，他执著地自信"生死浮云浑一笑，人天义恨两无穷。收来病骨归闽苑，莫对清江看冷枫。"经过几十年的浴血斗争，全国解放了，到处是欢腾景象，祖国应该走向昌盛繁荣了，还能有什么忧虑呢？但是没料到在五十年代后期，在复杂的党内斗争中，他又一次的身处逆境。1958年他被撤下了《人民日报》总编辑的职务。他手足无措，不知该如何应对。那时，他只能间或在诗中委婉的抒发他的郁闷，为自己作几句申诉。1959年初，他告别《人民日报》的同志们时，心情沉重，激动地给大家念了一首诗："笔走龙蛇二十年，分明非梦亦非烟。文章满纸书生累，风雨同舟战友贤。屈指当知功与过（丁注：其实何过之有？）；关心最是后争先。平生赢得豪情在，举国高潮望接天。"邓拓为革命事业奋斗几十年，他了解我们党在斗争中成长、壮大的历史。但是当时极其特殊的政治斗争使他感到茫然，他仍然不乏"书生"的执拗和天真。他严守党的纪律，从不随便诉说，但心头抑郁，只有诗才能抒发一点他内心的怨苦，这样的诗曲折幽婉。1965年，在我们的祖国、党和他个人将遭受劫难的前夕，他有一首诗以《记梦》为题写出："五更风雨梦如飞，烟水茫茫夜色微。话到海山无滴泪，写来笔墨不沾衣。高情消尽千秋怨，碧血凝成万古诗。默向长天寻新路，霞光芳雾映春晖。"这首诗让人读来心痛，但是坦率地说，当时我并不完全理解他的苦衷。他有一首《颂山茶花》的诗，诗中末句说"断骨留魂证苦衷"，不幸地预示了1966年他最后悲惨的结局。

　　邓拓生前我没有给他写过诗，1979年"三家村"冤案平反后，为邓拓举行追悼会（这时他已含冤去世十三年了），我含泪给他献上一大幅挽联："山海风波，心盟永忆。万家恨雪，云际长明。"作为对他三十一年前写给我的那首"山海风波定白头"诗的应答。

文章本不想写长，但提起笔又有许多话要说，整篇是"夸夫"之词，有些不好意思。当然我知道有相当多的同志和读者喜爱并赞扬邓拓的诗，并不是我个人的偏爱。我现在已年逾古稀，邓拓作古已近30年了，已经"盖棺论定"，我夸夸也无妨吧？！

丁一岚

1993年初春于北京

编者按： 丁一岚同志系邓拓夫人、老新闻工作者、原中国国际广播电台台长

目　　录

诗思、诗情、诗魂——我喜爱邓拓的诗 ················ 丁一岚

一九二九年——一九三五年

别家 ·· 1
书城 ·· 2
狱中诗（五首）·· 3
自题《南冠草》·· 7
出狱 ·· 8
客居上海 ··· 9
开封寄李公绰 ·· 10

一九三七年——一九四九年

寄语故园 ··· 11
晋察冀军区成立周年志感 ··· 12
记田其昌 ··· 13
吊栓牛 ·· 14
勖报社诸同志 ·· 15
鲁迅两周年祭 ·· 16
送三五九旅 ··· 17

洪波	18
鲁迅三周年祭	19
读毛主席《新民主主义论》	20
阜平夜意	21
咏黑骘	22
赠越南战友洪水	23
狼牙山五壮士	24
初晤	25
夜别	26
寄意	27
题聂荣臻同志像	28
答客问	29
心盟	30
定情	31
周年	32
题像	33
写影	34
夜话	35
哭何云同志	36
步韵送军城	37
送报社同志支援冀东	38
秋征	39
观《史可法》歌剧有感（二首）	40
和于力老先生	42
赠边区参议会诸老，步皓青老人原韵（四首）	43
送肖白赴延安	46
反"扫荡"途中	47

忆日卜	48
过紫荆关	49
哭太牟	50
反"扫荡"归来	51
祭军城	52
复友人戈英（三首）	53
对花	55
忆北营之变	56
悼韬奋	57
颂马恩	58
战地歌四拍	59
赠陶军同志	61
沁园春·步毛主席原韵	63
题马兰烈士墓	64
清平乐·庆祝抗战胜利	65
哀悼"四·八"遇难烈士	66
寿亚子先生（二首）	67
为萧军同志送行	69
记土地改革工作团	70
中秋	71
保南大捷	72
庆祝石家庄解放	73
遇陈毅将军	74
无题	75
晋察冀日报终刊	76
送军管会诸同志入粤	77
寄父	78

一九五三年——一九六五年

挽徐悲鸿 ··· 79
贺新婚 ·· 80
题陈伯华同志演出汉剧《二度梅》（二首）·············· 81
挽黄敬同志 ·· 82
长江旅途口占（绝句四十二首录二十八首）············· 83
纸鸢 ·· 92
题明代仇十洲作《子虚上林图》································ 93
为杨先让画题诗 ··· 94
题明人采风画卷 ··· 95
题邳县农民画 ·· 96
天安门（二绝）··· 97
题李白纪念馆 ·· 98
咏李白 ·· 99
庆春泽·迎接一九五九年元旦 ··································· 101
留别《人民日报》诸同志 ·· 102
程砚秋同志逝世周年纪念演出观后 ·························· 103
题画两首 ·· 104
水乡小景 ·· 105
访徐悲鸿纪念馆（三首）··· 106
小词二首 ·· 107
为黎雄才画题诗 ··· 108
水龙吟·吊于非闇画师 ·· 109
昭君怨·追祭女画家姜燕同志 ··································· 110
群英赞（四首）··· 111
东柳吟（六首）··· 113
赵女观灯 ·· 115

香山小唱（九首）…………………………116
题汪溶画册（二首）………………………119
题黄胄画……………………………………121
通州行………………………………………122
泰山秋月……………………………………123
赞杨柳青年画………………………………124
颂山茶花……………………………………125
题石涛《菱藕图》…………………………126
题石涛《山水卷》…………………………127
西郊公园楼上………………………………128
延庆道上（六首）…………………………129
江南吟草
  采风五首…………………………………131
  西湖组诗…………………………………133
  歌唱太湖…………………………………138
  古京口吟…………………………………142
  旅途杂诗…………………………………147
水龙吟·颂十三陵水库……………………152
赠王国权同志………………………………153
题周怀民作石家滩图………………………154
题越剧《小忽雷》…………………………155
咏熊猫………………………………………156
忆多姿·赶集………………………………157
赠李克瑜同志………………………………158
赠抗美援朝诸将士…………………………159
参观故宫绘画馆……………………………160
更漏子·《秦娘美》观后…………………161

悼念	162
绝句两首	163
题古代人物画集（五首）	164
物华·天宝·人杰·地灵	167
迎春舞	168
天仙子·贺加加林上天	169
题吴作人同志画（五首）	170
七场歌舞联咏	172
阮郎归·祖国	173
福建伞舞	174
虞美人·牧场一角	175
踏莎行·寨歌	176
清溪泛艇	177
题自画山水扇面	178
荔枝图	179
金鱼图咏	180
桃园忆故人·悼梅兰芳同志	181
一斛珠·古代书法陈列观后	182
青玉案·战友--鲁迅和瞿秋白	183
题自画桂花扇面	184
虞美人·新疆舞	185
写怀民粤游画册	186
题周怀民画（两首）	187
画意歌声	188
访郑板桥故居	190
看吴作人等东北采风画展	191
题画	192

题梅三首	193
忆仙姿·任伯年画展题记	194
浪涛沙·题黄镇同志长江画集	195
赠刘澜涛同志	196
赠范瑾同志	197
赠宋汀同志	198
赠邢显廷同志	199
画堂春·赠谢稚柳	200
赠沙英	201
赠范儒生	202
赠刘涌	203
《麻姑图》题跋	204
南游未是草（三十二首）	205
秋波媚·《黑天鹅》	218
题《漓江春》画页	219
雄鹰	220
醉花阴·毛主席文艺讲话二十年	221
浪淘沙·新英雄谱（九首）	222
卜算子·赠成美、顾行	226
题史可法祠墓	227
云海	228
题《猎骑图》	229
宴西园·惠孝同、周元亮画展	230
赠傅抱石同志	231
改陆游诗 题赠中国书店	232
题董邦达画《秋草图》	233
题李克瑜同志画两首	234

题麟如画《河鱼出海图》……235
听琴记……236
题王麓台仿元人山水卷……237
献岁……238
题仇十洲《溪山欣赏图》……239
牧牛图……240
赠常书鸿同志……241
报春……242
柳长春·迎春曲……243
雁荡大龙湫图……244
赠赵丹同志二十韵……245
记美协联欢会……247
福建工艺展览题诗……248
赠颜地……249
满江红·慰问国防前线指战员……250
题影片《在激流中》……251
题赠高甲戏团……252
赠高甲戏团董义秀等同志……253
满江红·寄青年朋友……254
题《漠上图》……255
题雪斋摹《煮茶图》……257
"苏画庐"随笔……258
赠杨述同志……259
赠亚明……260
读八大山人画后……261
题画……262
海南风光……263

赠学友傅衣凌 …………………………………… 264
内蒙吟草（十九首）………………………………… 265
书赠铁山党委 ………………………………… 272
百灵庙观光 …………………………………… 273
书赠文都素同志 ……………………………… 274
归塞北·留赠青山宾馆 ……………………… 275
赠于立群同志 ………………………………… 276
齐天乐·国庆十五周年 ……………………… 278
题扇 …………………………………………… 279
题刘旦宅《红楼梦人物》画 ………………… 280
点绛唇·红楼梦图咏（四首）……………… 281
题画诗 ………………………………………… 283
赠曲波 ………………………………………… 286
题画一首 ……………………………………… 287
改刘长卿赠崔九诗 …………………………… 288
蓟县观音阁 …………………………………… 289
赠李英儒 ……………………………………… 290
为现代京剧《芦荡火种》题诗 ……………… 291
书奉郭老 ……………………………………… 293
步郭老韵赠于立群同志 ……………………… 294
题黄胄《赛马》卷 …………………………… 295
记梦 …………………………………………… 296
后记 …………………………………………… 297

别　　家①

一九二九年秋

空林方落照，　　残色染寒枝。
血泪斑斑湿，　　杜鹃夜夜啼②。
家山何郁郁③，　　白日亦凄凄④。
忽动壮游志，　　昂头天柱低⑤！

① 此诗写于大革命失败后的黑暗时期。为探求真理，十七岁的邓拓毅然告别故乡和亲人，独自到上海读大学，从此踏上了革命的征程。这首诗记录了邓拓对生活的一次重大抉择，可以说是他生命历程的一个里程碑。
② 此联用了杜鹃啼血的典故。传说周朝末年蜀地的君主杜宇，遭遇不幸，后禅位退隐，国亡身死。死后魂化为鸟，名杜鹃，暮春啼苦，致口中流血。其声哀怨凄厉，如说"不如归去"，动旅人归思之情。
③ 郁郁：忧伤、愁闷。《楚辞·九章·抽思》："心郁郁之忧思兮，独永叹乎增伤。"
④ 凄凄：寒凉貌。《诗经·郑风·风雨》："风雨凄凄，鸡鸣喈喈。"
⑤ 天柱：作者借用《淮南子·天文训》中的故事表达自己向旧社会挑战的决心。这个故事说的是："昔者共工与颛顼争为帝，怒而触不周之山，天柱折，地维绝。"

书　　城①

一九三〇年

两间②憔悴一儒生，　长对青灯③亦可惊。
不卜文章流海内，　　莫教诗酒误虚名。
得侔④前辈追真意，　便是今生入世⑤诚。
白眼⑥何妨看俗伧，　幽怀默默寄书城⑦。

① 1930年邓拓在上海加入中国社会科学家联盟，从事党的地下工作。他废寝忘食地阅读革命书籍，思想发生了深刻的变化。这首诗是他这一时期生活和思想的写照。
② 两间：天地之间。
③ 青灯：油灯，其光青莹，故名。陆游诗："白发无情侵老境，青灯有味似儿时。"此处泛指灯。
④ 侔：通牟。谋取，求得。
⑤ 入世：佛教用语，和"出世"相对。此处指投身社会革命实践。
⑥ 白眼：《晋书·阮籍传》："籍又能为青白眼。见礼俗之士，以白眼对之。"后以白眼表示对人的鄙薄厌恶。
⑦ 书城：书籍环列为城，极言其多。《太平清话》："宋政和时，都下李德茂环积坟籍，名曰书城。"

狱 中 诗①（五首）

一九三三年

其 一

去矣勿彷徨， 人生几战场？
廿年浮沧海， 正气寄玄黄②。
征侣应无恙， 新猷③尚可长！
大千枭獍④绝， 一士死何妨！

---

①1932年12月邓拓在上海被捕。先被押解到南京，后羁狱苏州。1933年出狱后，他把写在碎纸片上的狱中诗稿手订成册，取名《南冠草》。这本诗集由于战乱等原因没有保存下来，后由他本人和友人回忆，留下八首。这里选用五首。
②玄黄：玄，黑色。《易·坤·文言》："夫玄黄者，天地之杂也。天玄而地黄。"后以玄黄为天地之代称。
③新猷：新的计划。
④枭獍：枭，一种凶猛的鸟；獍，又名破镜，古书上说的一种像虎豹的兽。相传这两种动物生下来就吃生它们的父母。比喻忘恩负义的恶人。

其 二①

转狱①今二度，　丹心永不磨。
孤灯看瘦影，　短梦断南柯②。
血迹殷半壁，　雷声动一阿③。
铁窗风雨急，　引吭且狂歌。

①转狱：从南京被押解到苏州。
②南柯：唐代李公佐作《南柯太守传》，叙淳于棼梦中所历。后人因此称梦境为南柯。
③一阿：一间囚室。阿（音ē），曲隅。

其 三

大地沉沉寂，　人间莽莽迷。
薄眠刍①作垫，　恶食粥如泥。
窸窣②风翻挎③，　琅珰④月向低。
惊心危坐处，　天外叫荒鸡⑤。

①刍：喂牲畜的草。
②窸窣：令人不安的声音。杜甫诗："河梁幸未坼，枝撑声窸窣"。
③挎：盘旋。
④琅珰：亦作琅当，锁。《汉书·王莽传》："以铁锁琅当其颈。"这里指镣铐碰撞声。
⑤荒鸡：不按时晨啼叫的鸡。《草木子》："南洋廉访金事保保巡按至彼，初更闻鸡啼，曰："此荒鸡也。不久此地当为邱墟，天下将其乱乎！"遂弃官而隐。后南阳果陷。"

其 四

囚奴期破晓，　　狱卒守残更。
碧海终填尽①，　　黄河必涤清。
今朝穷插棘②，　　来日矢披荆。
万众摧枯朽，　　神州定铲平！

①碧海句：陶渊明《读〈山海经〉》诗："精卫衔微木，将以填沧海。"后常以"精卫填海"比喻坚忍不拔的精神。
②插棘：古时狱之周围插棘以防越狱。穷插棘指监牢禁锢森严，无法越出。

其 五①

狴犴②梦苏州，今愁叠古愁。
悬门张怒目③，铸剑取仇头④。
欹⑤枕秋声战，窥窗曙色浮。
五湖⑥波万顷，肯上范蠡舟⑦?

①这首诗是在苏州反省院写的，用了许多有关苏州的典故。
②狴犴：狴（音 bì）犴（音 àn），传说中一种兽首，形似虎，有威力。《潜确类书》："狴犴好讼，形狱门上。"旧时因狱门上绘有狴犴，故又作为牢狱的代称。
③悬门：《史记》载：春秋时伍子胥为吴王夫差所杀，临死曰："抉吾眼，悬吴东门之上，以观越寇之入灭吴也。"后九年，越灭吴。
④铸剑：《吴越春秋》载：干将、莫邪夫妇为吴王铸利剑二，藏其一剑与其幼子，王取剑而杀之。子为报仇，终取王头。鲁迅有小说《铸剑》，本此故事。

⑤欹：（音qī），倾斜、傍依。
⑥五湖：即太湖。
⑦肯上句：范蠡与越王勾践共灭吴，功成退隐，载西施游五湖，不知所终。后人多称赞范蠡韬晦遁世。作者不赞同这种看法，表示不羡退隐，要积极战斗。

自题《南冠草》①

一九三三年

世上春光几度红，　流泉地下听鸣虫。
血花照眼心生石，　磷火窥魂梦自空。
生死浮云浑一笑，　人天义恨两无穷。
收来病骨归闽苑②，莫对清江看冷枫。

①这是邓拓未出版的狱中诗集《南冠草》的序诗。《南冠草》是明末民族英雄夏完淳在狱中所写的诗集名，邓拓崇敬这位英雄和诗人。南冠，指囚徒。《左传·成公九年》："晋侯观于军府，见钟仪，问之曰：'南冠而絷者谁也？'有司对曰：'郑人所献楚囚也。'"后因以南冠为囚徒之代称。
②闽苑：邓拓的故乡福建。

出　　狱

一九三三年秋

放声一曲大江东①，　千古风云入望中。
有限朋交嗟宿草②，　无多骨肉怅飘蓬③。
只身天地余残泪，　一眼河山尽断魂。
莫道群生都懵懵④，　明朝四野又烟烽⑤。

① 大江东：宋苏轼《念奴娇·赤壁怀古》词："大江东去，浪淘尽，千古风流人物。……"豪放杰出，痛快淋漓。作者放歌一曲，壮怀激烈。
② 宿草：隔年的草。《礼记·檀弓上》："朋友之墓，有宿草而不哭焉。"后用为悼念亡友之辞。
③ 飘蓬：蓬，即蓬蒿。遇风常吹折离根，飞转不已。比喻漂泊不定的生活。杜甫《铁堂峡》诗："飘蓬逾三年，回首肝肺热。"
④ 懵懵：（音měng），无知貌。唐岑参《感旧赋》："上帝懵懵，莫知我冤。"
⑤ 烟烽：即烽烟，指战争。古代边境有敌入侵，即举火燔烟报警。

客居上海①

一九三四年秋

分袂②申江③次，离怀怅共倾。
知交贫里见，　　危局乱中明。
星火④迎前路，　　风波⑤勉此生。
相期他日会，　　万里怒涛声。

① 1933年11月，十九路军发动"福建事变"，成立抗日反蒋的人民革命政府。邓拓参加了福建人民政府的工作。1934年初，蒋介石调集大批军队进攻福建，"闽变"失败。邓拓被通缉，被迫回到上海，住在他中学时代的老同学李公绰处。秋，邓拓应大哥之邀，去河南开封继续求学。这首诗是他离别上海时所作。
② 分袂：离别。白居易诗："分袂二年劳梦寐。"
③ 申：上海市的别称，以境内黄浦江别称春申江，简称申江而得名。
④ 星火：比喻急迫。李密《陈情表》："郡县逼迫，催臣上路，州司临门，急于星火。"
⑤ 风波：比喻纷乱或患难。白居易诗："家山泉石寻常忆，世路风波子细谙。"

附：李公绰和诗

一九三四年

羁旅此为别，衷情一夕倾。
长途原坦坦，征路已明明。
客里休怀旧，人丛莫怕生！
漫天风雨恶，好趁迅雷声。

开封寄李公绰①

一九三五年春

天末②惊飙起，　中州③客梦寒。
心潮奔日夜，　剑魄隐风湍。
大野云龙啸，　高空白鹤盘。
何时追逝景，　奋翅越重山！

①1935年，红军被迫撤出根据地进行长征，全国抗日救亡运动受挫，革命处于低潮。邓拓这首诗抒写了他当时的心境，盼望龙啸虎跃的日子快点到来。
②天末：犹天边。
③中州：河南省的代称。古人以为河南一带为天下之中，故名。

寄 语 故 园

一九三七年九月写于河北省束鹿前线

四年执笔复从戎，　不为虚名不为功。
独念万众梯航①苦，欲看九州坦荡同。
梦里关河闻唳鹤，　兵间身世寄飘蓬。
寄语故园双老道，　征蹄南北又西东。

①梯航：梯，指登山；航，指航海。翻山越海，喻世事艰难，道路险远。

邓拓故居

晋察冀军区成立周年志感①

一九三八年十一月七日

血肉冰霜不计年，　　五台②烽火太行③烟。
战歌匝地④三军角；　　卫垒连珠万里天。
北岳⑤扬旌胡马⑥怯；　边疆复土祖鞭⑦先。
阵云翻向龙江⑧日，　　响彻河山唱凯旋。

① 1937年卢沟桥事变以后，全面抗战开始。邓拓即从河南奔赴晋察冀根据地，投身敌后抗日斗争。
② 五台：五台山，在山西省东北部。晋察冀军区以此地为中心建立。
③ 太行：太行山，在晋东高原与冀西平原之间。
④ 匝地：环绕一周曰匝（音zā）。匝地，即遍地。
⑤ 北岳：即恒山，也叫恒岳，在河北省西北部与山西省东北部交界地带。
⑥ 胡马：指敌寇。
⑦ 祖鞭：《晋书·刘琨传》："吾枕戈待旦，志枭逆虏，常恐祖生先吾着鞭。"祖生，即祖逖，东晋北伐名将。后以祖鞭为先着、先手的意思。
⑧ 龙江：即黑龙江。

记田其昌①

一九三八年十一月

撇下文场上战场,国仇不灭不还乡。
短兵杀敌伤何憾?病榻磨枪梦不忘!
志士英风同辈范;柏兰壮迹口碑②长。
寄言燕晋年青侣,报国今朝仗武装。

①田其昌:晋察冀抗日军政学校学生,参加五台县柏兰镇战斗负伤,壮迹传遍边区。
②口碑:众人口中发出的称颂。《五灯会元》:"路上行人口似碑"。

吊栓牛①

一九三八年十一月

献身家国出田间，　　杀敌心雄起揭竿②。
奔走危疆嗟枉死，　　激昂斗志厉如山。
一夫但得擎长剑，　　片息宁教活丑犴③！
知汝重泉④犹切齿，　　未寒热血骨先寒！

①栓牛：学名刘庆山，灵寿县农民积极分子，被地主暗害。
②揭竿：高举旗杆，指人民起义。《汉书·陈胜项籍传赞》："斩木为兵，揭竿而起。"
③犴：兽名，犬属，形似狐狸，黑嘴。喻反动派、丑类。
④重泉：犹九泉，指地下。

勖报社诸同志①

——《抗敌报》周年纪念

一九三八年十二月

笔阵开边塞，　　长年钩剪风②。
启明星③在望，　　抗敌气如虹。
发奋挥毛剑④，　　奔腾起万雄。
文旗随战鼓，　　浩荡入关东⑤！

①1938年9月20日，日本侵略军以五万之众，分兵八路，向晋察冀抗日根据地大举进攻。晋察冀军民坚壁清野，诱敌深入，开展游击战争。经四十多天奋战，粉碎了日寇的合围计划。在"反扫荡"战役中，邓拓担任主编的《抗敌报》报社的同志们，和部队一起，转战边区各地，一手握笔，一手拿枪，英勇斗争。勖（音xù），勉励。
②钩剪风：指报纸编辑工作。
③启明星：即金星。晨见于东，昏见于西。
④毛剑：指毛锥成剑。毛锥是笔的别称。《五代史》："史弘肇有大志，尝谓人曰：'安朝廷、定祸乱，直须长枪大剑，若毛锥子安足用哉！'"
⑤关东：东北地区在山海关外，称关东。入关东意收复失地，驱除日寇。

鲁迅两周年祭①

——步鲁迅《感旧》原韵

一九三八年十月

当年长夜度春时， 苦战人间满鬓丝。
荷戟②孤征诛腐恶， 投枪③万众望旌旗。
伤心两载风云色， 咽泪重刊呐喊④诗。
再祭他年烽火后， 血花一缀自由衣。

①鲁迅逝世于1936年10月19日。作者此诗作于1938年冬。用鲁迅1931年纪念左联胡也频、柔石等五烈士《感旧》原韵。
②荷戟：鲁迅题小说集《彷徨》诗："寂寞新文苑，平安旧战场。两间余一卒，荷戟独彷徨。"荷戟，本此。
③投枪：鲁迅自谓其杂文为匕首、投枪。
④呐喊：鲁迅第一部小说集名《呐喊》。

附：鲁迅《感旧》诗

惯于长夜过春时，挈妇将雏鬓有丝。
梦里依稀慈母泪，城头变幻大王旗。
忍看朋辈成新鬼，怒向刀丛觅小诗。
吟罢低眉无写处，月光如水照缁衣。

送三五九旅①

一九三九年初

百战疆场自去来，　入死出生凯歌回。
南征曾记英雄传，　西出当挥击贼锤。
待取捷书刊史册，　不求功绩写云台②。
胭脂河③畔霜晨别，　作计重逢冰雪开。

①三五九旅是贺龙一二〇师所属的一支劲旅。1938年，中央决定一二〇师挺进冀中。1939年，八路军总部将三五九旅从华北敌后调回陕甘宁边区。作者写诗送行。
②云台：《后汉书·马武传论》："永平中，显宗追感前世功臣，乃图画二十八将于南宫云台。"
③胭脂河：河北省内发源于太行山的一条河，流经阜平，入沙河。

洪　　　波[①]

——赠战地妇女儿童考察团暨延安电影工作团

一九三九年四月

万里洪波儿女愁，一年生计付东流。
嫣红姹紫非昨昔，北陆耕夫苦未休。
农牧之家多短笛，清歌是处计宏筹。
他年幸福之华放，方庆田园迪夏收。

①1939年4月，战地妇女儿童考察团和延安电影工作团到晋察冀边区，为群众演出并同文化工作者联欢。联欢会兴致高昂，陈波儿提议邓拓当场作诗，把两个团六位同志——陈波儿、常之华、王紫非、陆耕、宋迪夏、袁牧之的名字都嵌在诗里，作为纪念。邓拓说："波儿出了难题，马上做出来，要做得工整不太容易。打油吧！现在边区正闹水灾，咱们从水灾说起。"稍作思索，诗成。

鲁迅三周年祭

——再步鲁迅遗诗原韵

一九三九年十月

凄绝临危绝笔时, 叮咛后死语如丝。
莫怀地下长行者①, 高举人间正义旗。
半晌②有心偏苦念, 满腔热血不成诗。
风烟大地今番壮, 三载遗言记甲衣③。

①长行者:指经历了二万五千里长征的红军。1936年2月,鲁迅在病中得知红军克服无数艰险到达陕北的消息,激动不已。他请史沫特莱托人转道巴黎,致电毛泽东同志和朱德同志。他在电报中高度评价红军长征胜利的意义,并且充满自信地说:"在你们身上,寄托着人类和中国的将来。"
②半晌:片刻。《元人曲》:"半晌恰方言。"
③甲衣:甲,古时战士的护身衣,用皮革和金属制成。甲衣即军衣。

读毛主席
《新民主主义论》

一九四〇年

万水千山只等闲①，　　长城绕指到眉端。
阵图②开处无强敌，　　翰墨③拈来尽巨观。
风雨关河方板荡④，　　运筹帷幄⑤忘屯艰⑥。
苍龙可缚缨在手⑦，　　且上群峰绝顶看！

①引毛泽东《长征》诗："红军不怕远征难，万水千山只等闲。"
②阵图：《宋史·岳飞传》："阵而后战，兵法之常。"指战略战术。
③翰墨：笔墨，借指诗文书法。《唐书》："李贺辞尚奇诡，所得皆惊迈，绝去翰墨畦迳。"
④板荡：《诗·大雅》有《板》、《荡》两篇，皆咏周厉王的无道。后用以指政局混乱，社会动荡不宁。岳飞《五岳祠盟记》："自中原板荡，夷狄交侵，余发愤河朔，起于相台。"
⑤运筹帷幄：策划于军队的帐幕之内，引申为筹划，指挥。语出《史记·高祖本纪》："夫运筹帷幄之中，决胜千里之外，吾不如子房。"
⑥屯艰：亦作屯难。艰难，困苦颠连。语本《易·屯》："彖曰：屯，刚柔始交而难生。"
⑦苍龙句：化用毛泽东《清平乐·六盘山》词："今日长缨在手，何时缚住苍龙。"

阜平夜意①

一九四〇年

孤窗走笔街声沉,小院无人霜月侵。
散稿案前书未竟,狂歌门外意难禁。
风移树影驱昏睡,火逼沸壶作短吟。
军舍夜深嘶战马,明朝单骑又溪林②。

①河北省的阜平县是当时晋察冀根据地的首府,也是晋察冀日报社的所在地。1940年秋冬之交,晋察冀军民在共产党的领导下,经过三个半月的奋斗,与兄弟根据地一道取得了空前的"百团大战"的胜利。此诗正是作于这一胜利时刻。
②聂荣臻同志在回忆邓拓的文章中写道:"他带领报社,越风雪山林,渡深谷寒水,一面与敌人周旋,一面坚持出报。"这联诗句反映了当时的生活。

咏 黑 骜①

一九四〇年

龙文②八尺出军槽,　得汝天涯亦自豪。
莫对恒山鸣郁郁,　遥怀黑水③浪滔滔。
渡河越岭多重负,　昂颈翻蹄远驽曹④。
风雨奔驰应无憾,　边区抗战有微劳。

①黑骜:黑色的战马。作者所咏的这匹马为聂荣臻同志所赠。
②龙文:骏马名。《汉书·西域传赞》:"蒲梢、龙文、鱼目、汗血之马充于黄门。"
③黑水:即今黑龙江,古名黑水。
④驽曹:驽,劣马;曹,群。即劣马群。

赠越南战友洪水①

一九四〇年

回首红河②创痛深， 人间从此任浮沉。
北来壮志龙仙运③， 南国诗情天下心。
十载风波三万里， 千秋血泪一生吟。
东方望眼浪潮急， 日月光华耀古今。

①洪水：原名武元博，又名阮山。1924年来到中国，翌年由胡志明同志介绍参加越南青年革命同志会。曾在黄埔军校学习和工作。1927年参加广州暴动，以后参加二万五千里长征。1937年抗日战争爆发后，随一一五师到晋察冀根据地，是《抗敌报》创办者之一。1945年回越南参加抗法战争，1956年病逝。
②红河，源出中国云南省西部，在中国境内名元江；经河口以南进入越南，称红河，经河内注入北部湾。此处代指越南。这句诗意谓越南受法国殖民统治，创痛很深。
③龙仙运：越南民族自称龙子仙孙。据越南神话，越南开国第二代君土貉龙君自称为龙的子孙，称其妻姬姬为仙的后裔。他们共生了一百个儿子，五十随母，五十随父。龙仙运意为越南民族的命运。

狼牙山五壮士①

一九四一年九月

北岳狼牙耸，　　边疆血火红。
捐躯全大节，　　断后竟奇功。
畴昔②农家子，　　今朝八路雄。
五人三烈士，　　战史壮高风！

①1941年9月25日，日寇以三千五百余人的兵力围攻易县狼牙山。晋察冀军区红一团七连马宝玉、葛振林等五位战士，奉命担任牵制敌人、掩护部队和群众撤退的任务。他们英勇战斗，弹药用尽后，把手中武器砸坏，跳下了万丈深渊。马宝玉等三位同志壮烈牺牲。葛振林和另一位战士跳崖后挂在树上，后被战友们救了回去。此诗题在狼牙山五壮士纪念碑上。
②畴昔：以前，旧日。《左传》："畴昔之羊子为政。"

初　　晤①

一九四一年

山村曲水夜声沉，皓月霜花落木天。
盼澈清眸溪畔影，寄将深虑阿谁边？
矜持语短长悬忆，怅惜芜②堤不远延。
待得他时行箧里，新诗绮札读千篇。

①这是邓拓写给丁一岚的一首爱情诗。丁一岚是"一二·九"运动中天津市的进步学生，抗日战争开始后到延安，1938年到晋察冀边区，分配在妇救会工作。她向《晋察冀日报》投稿，与邓拓由相知而相爱。这次初晤是他们通信将近一年之后。
②芜：杂草茂生。

夜　　别①

一九四一年

月映长空流灼约②，　　襟飘微影步矜持。
十年以后重回首，　　瓦口川③边夜别时。

①这首诗和上一首《初晤》同时寄给丁一岚。
②灼约：灼，明亮；约，隐约。形容天空有云彩浮动，月光时而明亮时而朦胧。
③瓦口川：又作蛙口川，平山县内晋察冀日报驻地附近的一道山川。

寄　　意①

一九四一年

卅年②人海守清时，北国相逢一缕丝。
爱尔沧波心不昧③，此生何憾对须眉④。

①这首诗是写给丁一岚的。作者在原稿上附言："此诗作于平山之缑家庄，时值初春，情景亦难忘也。"
②卅年：当年邓拓虚岁三十。
③昧：昏冥，迟暮。《楚辞》："日昧昧其将暮。"
④须眉：须眉为男子之代称。

题聂荣臻①同志像

一九四二年

百战长征上太行，　　幽燕②多难马蹄忙。
中年边寄③纤筹策④，　谈笑兵戈⑤翰墨场。

①聂荣臻将军经历过二万五千里长征，于1937年夏率一一五师一部到达华北太行山五台山，创立了晋察冀军区，任军区司令员。
②幽燕：今河北北部及辽宁一带。唐以前属幽州，战国时属燕国，故称幽燕。
③边寄：边疆之任。欧阳修文："久习兵戎，尝委边寄。"这里指指挥军事。
④纤筹策：精心周密地谋划。杜甫《咏怀古迹》五首之五："三分割据纤筹策，万古云霄一羽毛。"
⑤谈笑兵戈：苏轼《念奴娇·赤壁怀古》词："羽扇纶巾，谈笑间，樯橹灰飞烟灭。"喻运筹帷幄，潇洒自如。

光明磊落　博学多才
聂荣臻同志为悼念邓拓而题

答 客 问①

一九四二年

三十怅无成，　　艰危一命轻。
斯文②难济世，　　多病亦闻名。
零落荒山色，　　苍凉宝剑鸣。
风波游万里，　　默默即平生。

①这里的"客"，指丁一岚。这首诗是邓拓在平山县陈家院为丁一岚写的。
②斯文：指文人、读书人。杜甫《壮游》诗："斯文崔魏徒，以我似班扬。"

心　　盟

一九四二年

滹沱河畔订心盟①，　卷地风沙四野鸣。
如此年时如此地，　人间长此记深情。

作者自注：这一天为1942年2月19日，写于平山滹沱河边之西柏坡村外。
①滹沱河：在河北省西部，流经河北省平山县。心盟：犹盟誓。

定 情

一九四二年二月

战地青衫侣， 风沙北国春。
白云浮终古， 江水去长东。
身世三生劫①， 心旌一向红！
高情忘尔我， 天地两无穷。

作者自注："右五律一首，为回忆二一九而作。"二一九，指1942年2月19日，作者与丁一岚订婚的日子。

①三生劫：佛教用语。三生，即前生、今生、来生；亦即过去世、现在世、未来世。劫，《隋书·经籍志》："佛经所说：天地之外，思维上下，更有天地，亦无终极，然皆有成败。一成一败，谓之一劫。"这里用"三生劫"，表示历遭坎坷磨难。

周　年

一九四二年

瓦口川边初晤时，　　靛①装犹忆语矜持。
长年幽梦灯花②落，　　近水山村夜漏③迟。
似有难言心事在，　　行看冷月晚空移。
默然相送溪头影，　　寄语三生石④上思。

①靛：靛青，即蓝色。
②灯花：灯心的余烬结成花形。旧时以此为喜事的预兆。杜甫《独酌成诗》："灯花何太喜，酒绿正相亲。"
③夜漏：夜间的时刻。古时漏刻记时，故称夜漏。《汉书》："以夜漏下十刻乃出。"
④三生石：袁郊《甘泽谣·圆观》载：唐李源与圆观善。圆观将亡，约源十二年后，中秋月夜，杭州天竺寺外相见。后源诣杭州赴约，遇牧童歌曰："三生石上旧精魂，赏月吟风不要论。惭愧情人远相访，此身虽异性长存。"这个牧童就是圆观的托身。古代诗文中常把三生石作为因缘前定的典故。后来也用"三生石"、"三生约"喻忠贞专一的爱情。

题　　像

一九四二年

映水霞光耀眼新，　　两间一瞥欲无尘；
春温秋肃凝冰火①，　　战地烽烟自在②人。

作者自注："右诗题丁一岚像。"
①春温秋肃句：春温，春日的温暖；秋肃，秋日宁静的气象。鲁迅《亥年残秋偶作》诗："曾惊秋肃临天下，敢遣春温上笔端。"此句意为融汇春日的温柔，秋天的宁静，冰一样的纯洁、坚强和火一般的热情于一身。
②自在：随意舒适，自然自在。杜甫《江畔独步寻花》诗："留连戏蝶时时舞，自在娇莺恰恰啼。"

写　　影

一九四二年

林外清溪落日烟，　　画图难绘浣衣人。
西风落叶萧萧①色，　　黛鬓青衫冉冉②神。
浅水波光飘倩影，　　明眸笑语启轻唇。
四山岚③气醉人处，　　仿佛当前正好春。

①萧萧：草木摇落声。杜甫《登高》诗："无边落木萧萧下。"
②冉冉：亦作苒苒。纤细柔美貌。曹植《美女篇》："柔条纷冉冉，叶落何翩翩。"
③岚：山林中的雾气。王维《送方尊师归嵩山》诗："瀑布杉松常带雨，夕阳彩翠忽成岚。"

夜　　话

一九四二年春

夜窗灯光话炉边，　一点灵犀①见慧天。
顾影缅怀身未死，　颦眉②欲语意迟延。
偏怜何事愁难遣，　独怪长年病未痊。
恕我痴心多惰慢，　深霄犹自诉连绵。

①灵犀：唐代李商隐《无题》诗："身无彩凤双飞翼,心有灵犀一点通。"喻心领神会,感情共鸣。
②颦眉：意皱眉。出处形容西施皱眉抚胸为颦眉。晋代戴逵《放达为非道论》："是犹美，西施，而学其颦眉。"

哭何云同志①

一九四二年五月

文章浩荡卫神州，　血溅太行志亦酬。
党报事艰来日永②，同侪心痛老成③休！
云山遥祭挥无泪，　笔阵横开雪大仇！
后死吾曹犹健在，　不教胡语乱啾啾④！

①何云同志系华北新华日报社社长，在太行区反"扫荡"中不幸牺牲。
②永：水流长。《诗·周南·汉广》："江之永矣。"引申为长，兼指时间和空间。
③老成：阅历丰富而干练稳重。
④啾啾：象声词，常谓虫声，如《楚辞》："蟪蛄鸣兮啾啾。"或形容凄厉的叫声，如《木兰诗》："但闻燕山胡骑鸣啾啾。"全句的意思是不让敌寇嚣张下去。

步韵送军城①

一九四二年

生长江南锦绣城，　　苍茫②世上少年行。
山中学道③飘青鬓，　　火里抟金④见至情。
离乱旅途天野阔，　　轩昂战纛⑤日边明。
风沙扑面迷蒙处，　　端赖惯征识路人。

① 军城：即司马军城，原名牟伦扬，又名顾宁。《晋察冀日报》的编辑、记者、诗人。1942年奉命调往冀东抗日根据地，在长城以南滦河两岸游击区办报。
② 苍茫：亦作沧茫。旷远迷茫貌。李白《关山月》诗："明月出天山，苍茫云海间。"
③ 山中学道：借喻参加革命工作，追求革命真理。
④ 火里抟金：喻在战火中锻炼。
⑤ 纛：军中大旗。许浑诗："柳营出号风生纛。"

送报社同志支援冀东

一九四二年

翰墨闲忙谈笑时，　灯花开处①悟真知。
高山云树堪浮白②，亘古春秋了梦思。
莫道书空看逝日，　还凭谠论③启来兹。
淘沙千里东飞浪，　想见故人滦水湄④。

①灯花开处：灯花，见《周年》注②，这里指经常在灯下工作。
②高山句：高山，用《列子·汤问》中伯牙和钟子期的故事，以"高山流水"代称知音或知己。云树：杜甫《春日忆李白》诗："渭北春天树，江东日暮云。"渭北，杜甫所在地；江东，李白所在地；这里借云树写想念之情。后因以"春树暮云"表示对远方朋友的思念。浮白，旧时行酒令罚酒之称，这里借指举杯畅饮，临别壮行之意。
③谠论：谠，据理直言。《荀子·非相》："博而谠正，是士君子之辩也。"谠论指正直的言论。
④滦水湄：滦水，即滦河，在河北省东北部。湄，河岸。《诗经》："在水之湄"。

秋　　征①

一九四二年

锦字红笺断客边，　夜行憔悴听啼鹃。
战歌诗思河边忆，　秋月霜花马上眠。
惆怅山南人远矣②，踌躇心下意愀然。
相逢若问君何似，　万斛③潮来只不平。

①1942年秋，日寇进攻，邓拓率报社同志转移。
②惆怅句：当时邓拓在山北，丁一岚在山南，无限思念。
③斛：量器名，古以十斗为一斛。

观《史可法》①歌剧有感（二首）

一九四二年十一月

"十月节"之夜观《史可法》歌剧有感，即步于力先生次鲁迅《感旧》原韵。

其 一

烽火关山离乱时，　　西来②聚义鬓添丝。
弃家独抱救时志，　　投笔③高擎战斗旗。
世局艰危闻壮语，　　襟怀浩荡唱新诗。
鸿儒④清劲万流⑤重，脱下长衫换短衣。

①史可法：明崇祯进士。福王立，以兵部尚书大学士督师扬州。城破，自刎未死，为清兵所执，不屈被杀。
②西来，指于力由北平西行来晋察冀根据地。
③投笔：弃文从武。出自《后汉书·班超传》。魏徵《述怀》诗："中原初逐鹿，投笔事戎轩。"
④鸿儒：犹大儒。《论衡·超奇》："故夫能说一经者为儒生，博览古今者为通人，采摭传书以上书奏记者为文人，能精思著文连结篇章者为鸿儒。"后泛指博大精通的学者。
⑤流：流品，如三教九流。万流重，意指受到人们普遍的尊重。

其 二

风雨鸡鸣起舞时①， 朔边②风雪正丝丝。
万方杀气腾山海， 十月军声壮鼓旗。
欲饮黄龙③番汉酒， 不闻往史宋明诗。
从今无复梅花岭④， 莫洒英雄泪满衣。

①风雨句：《诗·郑风·风雨》："风雨如晦，鸡鸣不已。"闻鸡起舞：《晋书·祖逖传》："（逖）与司空刘琨俱为司州主簿，情好绸缪，共被同寝。中夜闻荒鸡鸣，蹴琨觉曰：'此非恶声也。'因起舞。"后以闻鸡起舞比喻志士及时发奋。
②朔：北方。
③黄龙：府名，十六国北燕建都于此。治所在今吉林省农安县。南宋抗金名将岳飞所说："直捣黄龙府"，即指此。
④梅花岭：在今江苏省扬州市广储门外。明末史可法抗清死节，衣冠葬于此。

和于力老先生[①]

一九四三年十一月

　　边区参议会副会长于力老先生见示七绝一首,题曰《阅报》。其诗云:"新报犹然排日来,可怜鬼子妄相摧。饶他东荡西冲猛,扫着村村裂胆雷。"并有注云:"反扫荡中,《晋察冀日报》犹坚持出版,未尝一日停刊。"余读于老诗,感而和之。

　　挺笔荷枪笑去来,巍巍恒岳岂能摧?
　　攻心一纸歼顽寇,更听千村动地雷。

[①]于力:即董鲁安,原燕京大学教授。1942年由北平来晋察冀根据地参加抗日斗争。1943年1月被选为晋察冀边区参议会副会长。解放后病逝。

赠边区参议会诸老，步皓青老人原韵①（四首）

一九四三年二月

其 一

边疆参政此先声，　当见千秋大道行。
山厦②轩昂开谠议，诗心浩荡越长城。
骚坛③今日联吟韵，新国他年笃④旧情。
信是毛锥能退敌，　好随战纛向黎明。

①1943年2月，晋察冀边区参议会开会期间，聂荣臻、皓青、阮慕韩、张苏、刘奠基、宋劭文、吕正操、于力和作者等倡议成立燕赵诗社。作者撰写诗社缘起曰："古来燕赵，豪杰所聚，慷慨壮歌，千秋景慕。方今板荡山河，寇氛未消，黎明前夜，国难犹殷。有志之士，奋起如云，边区民主，谠议宏开，定反功之大计，期必胜于来朝。窃谓盛会不常，机缘难遇，诚宜昂扬士气，激励民心，以燕赵之诗歌，作三军之鼓角。为此倡议立社，邀集联吟，所望缙绅耆老，硕彦鸿儒，踊跃参加，共襄斯举。"皓青老人首先发表七律四首，作者步其原韵和之。
②山厦：边区自建的大礼堂。
③骚坛：即诗坛。屈原作《离骚》，后人仿其体，谓之骚体。
④笃：厚实。《宋史·苏辙传论》："患难之中，友爱弥笃。"

其　二

破碎河山国①士悲，　揭竿陇亩集雄师。
哀军②必胜驱强虏，　夜雾将消接晓曦。
莫话艰难生死事，　惟闻慷慨古今辞。
霜晨山野陈兵马，　父老欣欣阅虎罴③。

①国士：旧称一国杰出的人物。《史记·淮阴侯列传》："诸将易得耳，至如信者，国士无双。"
②哀军：指暂时失败的正义的军队。
③虎罴：虎和罴，两种猛兽，比喻勇猛的武士。这里指八路军。

其　三

千年苛政问如何？　旧史斑斑血泪多。
易水送行①空落照，　秦庭击筑②剩悲歌。
快当铁骑夏台③日，　喜得赵符④恒岳阿⑤。
刎颈交⑥深纾国难，　相如让道结廉颇⑦。

①易水送行：用战国时荆轲使秦，燕太子丹易水送别的故事。这里指聚义抗暴、抗日。
②秦庭击筑：筑（音zhú），古击弦乐器。这里用高渐离为秦王击筑的故事，见《史记·刺客列传》。喻不畏强暴，拼死抗敌。
③夏台：古台名。在今河南省禹县。相传夏桀囚汤处。这里指大军所至，解救危难。
④赵符：符，古代朝廷传达命令或征调兵将用的凭证。这里借用战国时魏公子无忌窃符救赵的故事，见《史记·魏公子列传》。喻八路军保卫抗日根据地。

⑤阿：庇护。《离骚》："皇天无私阿兮，览民德焉错辅。"
⑥刎颈交：同生死患难的朋友。《史记·廉颇蔺相如列传》："卒相与欢，为刎颈之交。"
⑦相如句：战国时赵国大臣蔺相如出使秦国，在渑池之会上，他英勇机智，使赵王没有受到屈辱，因功任为上卿。回国后对同朝大臣廉颇也能容忍谦让，最后使廉颇愧悟，两人成为团结御侮的知交。事见《史记·廉颇蔺相如列传》。

其 四

直捣黄龙奏凯旋， 相期和乐太平年。
燕然①诸将欣铭石， 朔土万民庆立坛。
四海为家宽阔地， 大千②仰首自由天。
刀环马革都豪杰③， 画阁④何须看列班！

①燕然句：《后汉书·窦宪传》：东汉永元元年（公元89年），窦宪与耿秉击败北匈奴登燕然山（今蒙古人民共和国杭爱山），刻石记功而返。
②大千：大千世界的省称。大千世界，佛教语，指广大无边的世界。
③刀环马革句：刀环，语出《汉书·李陵传》："立政等见陵未得私语，即目视陵而数数自循其刀环，握其足阴谕之。言可还归汉也。""环"与"还"谐音，"刀环"意即"归还"。马革，《后汉书·马援传》："男儿要当死于边野，以马革裹尸还葬耳，何能卧床上在儿女子手中邪！"后谓英勇作战、死于沙场为马革裹尸。此句的意思是：生还的（胜利归来）和牺牲的（马革裹尸），都是英雄，一样光荣。
④画阁：封建王朝为表彰功臣而建筑的高阁，绘有功臣图像。唐太宗贞观十七年（公元643年），图画开国功臣长孙无忌、杜如晦、魏征、尉迟敬德等二十四人于凌烟阁，阁在当时长安。这句诗的意思是：在凌烟阁上何必一定要看这些英雄豪杰的画像呢！

送肖白①赴延安

一九四三年

去去②沧波年少身，　掉头莫漫惜前尘。
战场挥手故人别，　想望心情次第新！

①肖白：李肖白，《抗敌报》记者，作者的战友。
②去去：催人速去之词。苏武《诗四首》："参辰皆已没，去去从此辞。"

反"扫荡"途中①

一九四三年

风雪山林路，　悄然结队行。
兼程②步马急，落日水云横。
后路歼顽寇，　前村问敌情。
棘丛挥斤斧，　伐木自丁丁③。

①1943年，日本侵略军对晋察冀边区的"扫荡"更加频繁残酷。光是平汉路西侧的北岳山区，一年内就遭到十二次的"扫荡"，其中最大的一次历时三个月。在这期间，邓拓率领报社全体同志，一边坚持战斗，一边坚持出版报纸，在异常艰苦困难的环境下英勇斗争，给敌人以沉重的打击。
②兼程：以加倍速度赶路。
③丁丁：伐木声。《诗·小雅·伐木》："伐木丁丁。"

忆日卜①

一九四三年

记得昨宵篝火红， 战歌诗思倍匆匆。
枕戈斜倚刍茅帐②，假寐③醒时月正中。

①日卜：阜平县山中荒僻小村，四面环山，海拔两千余米，只有三户人家。1943年反"扫荡"战役中，邓拓率领报社队伍黑夜转移，途中与敌人遭遇后来到这里。在这形势险要的小山村，半个月内出版报纸十二期。
②刍茅帐：茅草棚。
③假寐：和衣而睡。

过紫荆关①

一九四三年

天地原无险，　庸夫自作关。
紫荆十里峻，　拒马②半山环。
千载长城圮③，三军白骨斓。
如今商旅道，　来去幸轻闲！

①紫荆关：在河北省易县紫荆岭上，为河北平原进入太行山的要隘之一。
②拒马:河名，在河北省西部，大清河支流。
③圮：（音pǐ），塌陷，损毁。

哭太牟①

一九四三年

姑苏②一别竟终生， 春草青青瘗③世情。
日暮悲歌心化木， 天涯苦笑泪成冰。
魂惊泣血吴宫④黑， 梦逐飞鸿紫塞⑤明。
湖海十年都过去， 江山何处证前盟。

①太牟：作者被捕后在苏州同监的难友。
②姑苏：苏州市的别称，因西南有姑苏山而得名。
③瘗：（音yì）意为掩埋，埋葬。
④吴宫：即今江苏省苏州市，春秋时为吴都。
⑤紫塞：指长城。《古今注》："秦筑长城，土色皆紫，汉塞亦然。一曰雁门草皆色紫，故名紫塞。"

反"扫荡"归来①

一九四三年

太行北峙壮玄黄,群叠奇峰上碧苍。
峦气未消操大野,兵氛才过砌新墙。
秋风处处忙收获,春雨年年乐垦荒。
自是人工天可胜,全凭铁手保家乡。

① 在极其艰苦的岁月里,晋察冀边区军民一面坚持反"扫荡",一面抓紧战斗空隙抢种抢收,练兵习武,重建家园。这首诗是当时生活的写照。

祭 军 城

一九四三年

朝晖起处君何在①？　　千里王孙②去不回。
塞外征魂心上血；　　　沙场诗骨雪中灰。
鹃啼汉水闻滦水③；　　肠断燕台④作吊台。
莫怨风尘⑤多扰攘，　　死生继往即开来⑥。

① 朝晖起处句，作者自注："司马军城烈士于1943年在冀东壮烈牺牲，他在给我的最后一封信中说：'你看，朝晖起处，即我在也！'"
② 王孙：古代贵族子弟的通称。《楚辞·招隐士》："王孙游兮不归，春草生兮萋萋。"这里指军城。
③ 汉水：在湖北，司马军城为湖北利川县人，地近汉水。滦水，在河北省东北部，司马军城牺牲在冀东，近滦水。
④ 燕台：又称金台，黄金台，故址在今河北省易县东南易水之畔。相传为战国时期燕昭王筑，因此后人称之为燕台。这里指司马军城在河北牺牲。
⑤ 风尘：风起尘扬，天地昏浊，因此喻世俗之扰攘。
⑥ 死生句：意思是生死交替，继往开来，革命者总是前仆后继的。

复友人戈英①（三首）

一九四三年

其 一

老鹤孤怀超世难，　寒林雾里傍花看。
乱愁来去都如故，　碧海翻腾且自安。
昼画屠龙②空一觉，新天舞影怅无端。
轻凉高处松风起，　朝日枝头露未干。

① 戈英是作者《晋察冀日报》时一位战友。作者以诗代信，劝导友人淡泊世俗，以积极的态度对待人生。
② 屠龙：指不切实际。《庄子·列御寇》："朱泙漫学屠龙于支离益，殚千金之家，三年技成，而无所用其巧。"

其 二

淡白情怀已悟真，　　武陵人本梦中身①。
心灯②到处堪入定③，法相④由来自更新。
生欲常安应无住⑤，　佛如可作即成仁。
看山未死还入世，　　旧酒醒来又一巡。

① 武陵人句：武陵人指晋陶渊明在《桃花源记》中所述的武陵渔人入桃

花源,遇秦时避乱者的故事。这里的意思是说,世外桃源原本虚幻,追求它是不可能的。

②—⑤心灯、入定、法相、无住:皆佛家语。

其 三

烽火湖山旧梦醒,心魔去住只无形。
三钱万两等闲看,故我依然静解经。

对 花

一九四三年

镜前窗下白梨花，　　恍见亭亭①笑不遮。
春景阑珊②人亦懒，　　心旌③荡漾望终赊。
山高路远声声怨，　　院静阳和日日斜。
安得生成飞燕翼，　　轻身一掠入君家。

作者自注：马兰之西有铁观焉，余所居处满院梨花，因有此作。马兰，即河北省阜平县的马兰村，《晋察冀日报》的驻地。
① 亭亭：美丽貌。《独孤及诗》："玉颜亭亭与花双。"
② 阑珊：衰落，将尽。李煜《浪淘沙》词："帘外雨潺潺，春意阑珊。"
③ 心旌：指心情、心意。赊：远。《王勃诗》："江山蜀道赊。"

忆北营之变

一九四四年初

客秋三月战云迷，　苦忆北营遇变时。
弹火燃眉随突阵，　田梯诀别痛牵衣。
出围结屋依崖冷，　怀孕离群入穴危。
最是寇氛纷扰日，　相逢举案又齐眉。

作者自注：一九四三年秋，日寇残酷"扫荡"晋察冀边区，历时3个月。反"扫荡"途中，在河北灵寿县北营村遇敌人，经交战后突围，那时丁一岚已怀孕六个多月。此诗回忆当时情景。

悼韬奋①

一九四四年

五十春秋四海名，　　中年蹈励②气峥嵘③。
尸灰余烬心犹热④，　　寇祸燃眉事可惊。
易箦⑤遗言忧故国，　　归魂入党托生平。
斗南⑥今日断肠处，　　又弱星华⑦护路氓⑧！

① 韬奋：即邹韬奋，新闻记者，政治家和出版家。早年起即积极从事进步活动，参与反对蒋介石反动政权的政治斗争和抗日斗争。毕生从事新闻出版工作。1944年病逝。中共中央根据其遗言申请，追认为中共正式党员。
② 蹈励：《礼记·乐记》："发扬蹈励，大（太）公之志也。"喻精神振奋，意气风发。
③ 峥嵘：山峰高峻。《孟郊诗》："太行路峥嵘。"引申为人才杰出。《杜荀鹤诗》："邯郸李镡才峥嵘。"
④ 尸灰句：邹韬奋遗言，将尸灰之一部分送往当时中共中央所在地延安。
⑤ 易箦：箦（音zé），竹席。春秋鲁曾参临终，以寝席过于华美，不合当时礼制，命子曾元扶起换掉。见《礼记·檀弓上》。后因称人病重将亡为"易箦"。
⑥ 斗南：北斗以南，犹言天下。古代把最杰出的人物誉为斗南一人。《唐书》："蔺仁基曰，狄公（仁杰）之贤，北斗以南，一人而已。"
⑦ 星华：星光。骆宾王《游德州赠高四》诗："林虚星华映，水澈露光净。"
⑧ 氓：（音méng）平民百姓。

颂 马 恩

一九四四年录旧句

旷古①人间两巨贤， 才如天海学无渊；
遗篇一读三长叹， 愧我生迟一百年。

①旷古：犹空前，古来所无。

战地歌四拍①

——反"扫荡"前夕遥寄丁一岚

一九四四年秋

一年又值秋风起,北雁只南飞,望南来雁影无踪②,算不合关山阻?远水绕荒村,莫是枕经眠未晓③?明镜菩提勤拂拭④,不着人间尘土。

青丝依样似旧时,镇日书空,孤怀无寄!入乡有意从头认,壮志纵成烟,不向蓬蒿浪掷!心血如潮,七度春秋销北地,数三十又三年,衰逝堪伤天欲晦;问后来岁月,还能几许?古道凄清埋诗冢,高山流水休再听,广陵散绝,无复当年韵!只如今抖擞旧精神,酬尽心头文字债,待取新衣上征程,好将身手试,长为孺子牛⑤。

鼙鼓⑥又声喧,打叠琴书无着处,缩地失长鞭,脚跟无线,咫尺吴头楚尾。想旦夕四野动烽烟,顾不得惊起伯劳飞燕各西东。漫负笈携囊早登程,且休回首,向莽莽平沙去处舞干戈,莫念那恒岳巍巍云里人!

别离滋味浓还淡,欲诉又笺残,想将心绪谱奇弦,弹与知音人不见;结伴同行重话旧,不识何时也!果不相逢时,强饭加衣好护持,独立西风里,珍重复珍重。

①丁一岚注：1944年秋，邓拓和丁一岚到晋察冀中央局党校参加整风学习。学习内容主要是审查干部。当时延安开展了"抢救运动"，康生说"河南的党组织是'假党'，在河南工作过的干部都要受审查。"邓拓在开封河南大学读书时，领导开封"民族解放先锋队"的抗日活动，曾被国民党反动派逮捕入狱一个月。他在党校被列为怀疑对象，接受审查。邓拓对自己阵营内部的怀疑、打击，难以承受。在那年敌人大"扫荡"的前夕，邓拓和丁一岚分队转移。邓拓特地写此长诗寄给丁一岚，倾诉内心的惆怅。
②北雁南飞句：雁，鸿雁，代指信件。当时，邓拓在山北，丁一岚在山南，邓拓寄出信件收不到回信。
③、④枕经、明镜两句：作者借用"枕戈待旦"的成语和《红楼梦》中宝玉、黛玉、宝钗谈禅时说的"身是菩提树，心如明镜台。时时勤拂拭，莫使有尘埃。"的佛偈，戏问丁一岚是否一心钻研马列经典，忘记了人间烟火？
⑤孺子牛：引鲁迅诗句："横眉冷对千夫子，俯首甘为孺子牛。"孺子，指人民大众。
⑥鼙鼓句：鼙鼓，古代军队中用的小鼓。白居易《长恨歌》："渔阳鼙鼓动地来，惊破霓裳羽衣曲。" 鼙鼓声喧，指战斗即将开始。

赠陶军①同志

一九四五年

其 一

英风文采识名家,忆旧当年听暮笳。
笔墨干戈都到老,江河日月如流华。
三杯鲁酒宁伤别,六幅吴绫愧画鸦。
关塞天涯家国恨,一生九死抱琵琶。

其 二

天才投笔误狂歌,天涯苍茫世愿多。
如故年华过荏苒,伤心梦幻倍蹉跎。
半生事业成空论,未死雄心欲渡河②。
走马山林新战伐,鬓丝何憾对风波。

---

①陶军:诗人,《晋察冀日报》编辑,邓拓在报社中的诗友。邓拓的一生,除了经受过国民党监狱的考验,和战争年代对敌斗争的考验外,在党内四十年代的整风审干中,那些"左"的东西,邓拓是受到伤害的。他写给陶军同志的诗,反映了当时他的心情。

②欲渡河句：宋代抗金名将宗泽率军征金，战功赫赫。因上疏力劝宋高宗还京，以图恢复北方失地，均为奸佞所阻。泽忧愤成疾，病重，却还念念不忘地请求赵构回銮开封，誓师北伐。临终前，无一语及家事，惟连呼"渡河！渡河！渡河！"而逝。

附：陶军答诗

拜别文旗万里辞，八年呕沥费寻思。
性情都改原难事，山水全非竟可期。
酬国心长余一命，报公情重有微诗。
浓荫长夏终铺地，南望中原泪满衣。

沁园春①
步毛主席《雪》原韵②

一九四五年

其 一

北斗南天，真理昭昭，大纛飘飘。喜义师到处，妖氛尽敛；战歌匝地，众志滔滔。故国重光，长缨在握，孰信魔高如道高？从头记，果凭谁指点，这等奇娆？

当年血雨红娇，笑多少忠贤已屈腰。幸纷纷羽檄③，招来豪气；声声棒喝，扫去惊骚！韬略无双，匠心绝巧，欲把河山新样雕！今而后，看人间盛世，岁岁朝朝！

---

① 《沁园春》：词牌名。东汉窦宪仗势夺取沁水公主园林，后人作诗以咏其事，此调因此而得名。
② 毛泽东同志《雪》词写于1936年2月。发表的时间是1945年。
③ 羽檄：即羽书，古时征调军队的文书，上插鸟羽，表示紧急。《汉书·高帝纪下》："吾以羽檄征兵天下。"

题马兰烈士墓

一九四五年

故乡如醉远①,　天末且栖迟②。
沥血输邦③党,　遗风永梦思。
悬崖一片土,　临水七人碑。
从此马兰路,　千秋烈士居。

作者自注：晋察冀日报社在1943年秋反击日寇"扫荡"战斗中，有些同志英勇牺牲。其中在阜平县水峪沟牺牲的有胡畏、黄庆涛、弓春芳、侯春妮同志；在灵寿县北营村牺牲的有郑磊俊、安志学、曹斗斗同志等共七人，他们被安葬在阜平县马兰村。
① 如醉句：醉，犹悴。《诗•王风•黍离》："彼黍离离，彼稷之穗。行迈靡靡，中心如醉。"全句的意思是令人忧伤的家乡远远地离开了。
② 栖迟：游息。《诗•陈风•衡门》："衡门之下，可以栖迟。"
③ 邦：国家、祖国。

清 平 乐①
庆祝抗战胜利②

一九四五年

喧天锣鼓,卷地红旗舞。革命长征万里路,极尽人间艰苦!今朝四海同声,欢庆抗战功成。喜见漫山遍野,火光星月齐明。

---

① 《清平乐》:词牌名。原唐教坊曲,以汉乐府清乐、平乐两个乐调而命名。
② 1945年8月,在全中国人民的英勇抗战和国际反法西斯战争胜利的影响下,日本军国主义宣布无条件投降,抗日战争胜利结束。10日夜,晋察冀日报社电台接到延安新华社火急电报,得知这一消息。邓拓当即决定印发大字号外,并由报社同志组织一个宣传队马上出发,传播胜利喜讯。宣传队所到之处,欢声雷动。人们打着火把,敲着锣鼓,载歌载舞,彻夜不眠。此词即为作者此日所作。

哀悼"四·八"遇难烈士①

一九四六年四月

举世惊传噩耗，万家无语倍伤悲，痛幕幕②征途，荆棘丛生，妖氛犹未敛，全凭奔走协商，丹心耿耿，问当道③食尽诺言，何以对将来青史？

长空遽陨群星，千古未闻此浩劫，叹茫茫天地，沉浮无主，国事正如麻，岂意关山饮恨，赍志④悠悠，把平生遗留事业，都付予后死吾人。

---

①抗战胜利后，为制止内战，国共谈判。1946年1月，有国民党、共产党、民主同盟、青年党、社会贤达的代表参加的政治协商会议，通过了政府改组案、和平建国纲领案等五项协议。3月，在蒋介石的主持下，国民党六届二中全会通过决议，推翻政协宪草中的各项原则并公开反共。4月8日，中共政协代表王若飞，政协宪草审议委员会代表秦邦宪因国民党推翻政协协议，冒恶劣天气从重庆回延安向党中央报告和请示，飞机在山西兴县黑茶山失事。前新四军军长，不久前获释的叶挺以及解放区职工联合会筹备会主任邓发等同机罹难。噩耗传来，邓拓声泪俱下。当即作此挽联，倾注全身力量挥毫书成。
②幕幕：幕，戏剧作品或戏剧演出中的段落。
③当道：犹言当权。
④赍志：赍（音jī），怀着，抱着。如赍志而殁，指壮志未酬。

寿亚子①先生（二首）

一九四六年五月

其 一

侠骨豪文耸九州， 常持直道不身谋。
风传南社千秋调， 目触危邦万斛愁。
投檄弃朝难耐辱， 鸣仇议政自分流。
商山楚水都沉迹②，说法竺昙有杖头③。

①亚子：即柳亚子（1887-1958），江苏省吴江人。中国近代著名的革命战士和爱国诗人。1946年5月28日是柳亚子六十岁生日，作者咏诗祝贺。诗刊载在《晋察冀日报》专刊上。
②商山楚水句：商山，在陕西商县东南，秦末汉初东园公等四老人隐居于此，号商山四皓。楚水，指柳亚子的故乡，吴江濒临太湖。1926年，国民党二中全会通过反共的"整理党务案"，柳亚子对此极为不满，托辞得家电以母病促归，即在会议闭幕前离去。从此隐居故里，化名唐隐芝，杜门不出，后遭到蒋介石指名搜捕，携家逃亡日本。
③说法竺昙句：柳亚子曾与近代著名佛学家、文学家苏曼殊、李叔同一起在南社共事，关系密切。此句意为：谈论佛经也颇有见地。说法、竺昙、杖头皆佛学用语。

其 二

万卷书城一笔倾，　斗南今日颂高名。
幽忧早动乘桴①志，　晚节尤深济世情。
六十春秋吟楚些②，　八荒风雨听鸡鸣。
沧桑阅尽心犹壮，　一念延都接莫京③。

① 乘桴：桴（音fú），小筏子。《论语·公冶长》："道不行，乘桴浮于海。"指弃官隐世。
② 些：语助词。《楚辞·招魂》："魂兮归来，去君之恒干，何为四方些？"洪兴祖补注："凡禁咒句尾皆称些，乃楚人旧俗。"
③ 一念句：1945年，柳亚子在重庆《新华日报》创刊纪念会上曾公开宣称："世界的光明在莫斯科，中国的光明在延安。"

为萧军①同志送行

一九四六年五月

战歌诗思绕长春，　　　结伴还乡②气若龙。
"三代"③鸿篇才未尽，十年游客意犹浓。
胸怀作计充闯将，　　去住为生胜老农④。
翰墨场中飞虎出，　　高峦深泽纵奇踪。

①萧军：现代作家，辽宁省义县人，早年参加抗日活动，著有《八月的乡村》等，深得鲁迅称赞，并为之作序。抗战初到延安。1946年参加"鲁艺文艺大队"到东北解放区开展工作，途经张家口，逗留三个月，与邓拓相处甚笃。
②结伴还乡：东北是萧军的故乡，又随鲁艺大队前往，故称。
③"三代"：指萧军当时正在创作的长篇巨著，名《第三代》，共八部。
④老农：作者以"老农"自喻，言株守田园办报。

附：萧军回柬
一九四六年五月十九日夜

别张垣前夜，蒙云特同志赠诗以壮行色，不揣浅陋，敬步一韵，谨以留念，并祁大郢。

一别乡关十六春，豪情湖海慕元龙。
醇醪乍酌人初醉，古塞春迟绿未浓。
虽许丹心酬父老，尚余一笔报工农。
相逢他日知何往，同气连枝迹有踪。

记土地改革工作团

一九四七年

天下农民齐伸手,　　要求土地好翻身。
搬开封建千钧①石,　　救出饥寒万户贫。
诉苦挖根追血债,　　分田变产送穷神。
从今不拜观自在②,　　只靠忠心革命人。

①千钧:古代以三十斤为一钧;千钧,极言其重。
②观自在:即观音菩萨。玄奘译《心经》时,改译为观自在。

中　秋

一九四七年九月

春去秋还几月圆？中秋又见月如盘。
西风一马无余物，秋色满怀到栗园①。

作者自注：从察南回阜平途中。察南，原察哈尔省南部地区。
①栗园，阜平县栗园庄，晋察冀电台驻地。丁一岚当时在那里工作。

保 南 大 捷①

一九四七年十月

清风明月好战场,五十三时②炮火狂。
计定合围歼顽敌,获俘逾万庆重阳③。

①保南大捷:指清风店歼灭战。1947年10月22日,中国人民解放军在保定以南清风店地区,全歼了蒋介石的嫡系第三军主力,俘虏了军长罗历戎。连同在保北地区阻击战的战果,歼敌总数一万七千多人。
②五十三时:战斗从20日拂晓打响,到22日结束,共五十三小时。
③重阳:阴历九月九日重阳节。

庆祝石家庄解放

一九四七年

石庄解放报前营,帷幄时闻奏凯声。
万众翻身除封建,千军倒海制长鲸①。
太行南北东西路,展顾江淮河汉清。
他日文旗随战鼓,群雄浩荡入春明②。

①长鲸:即鲸。鲸身巨长,故称。王世贞诗:"长鲸血牙恣所饕。"常用来比喻贪婪凶残的人,这里喻国民党反动派。
②春明:《唐·六典》,"京城东面三门,中曰春明。" 因此后人称京城为春明。

遇陈毅将军

一九四七年十一月

诗酒谈兵壮，　　将军百胜心。
巍巍遮日纛，　　浩浩渡江吟。
天堑扬鞭①去，　独夫②指日擒。
保南传新捷，　　更听凯旋音。

作者自注：遇陈毅将军于聂荣臻同志司令部，席间正传来收复莱阳并歼敌万余，作此记之。

①天堑扬鞭：天堑，天然的壕沟，比喻地形险要，指长江。扬鞭，本作投鞭。前秦苻坚将攻晋，石越以为晋有长江之险，不宜动师。坚曰："吾以之众旅，投鞭于江，足断其流。"后以投鞭断流，比喻兵力强大。这里天堑扬鞭，意指以英雄气概突破险阻。
②独夫：指蒋介石。

无　　题

一九四八年三月

忆自滹沱河畔游，　鹣鹣②形影共春秋。
平生足慰齐眉③意，苦志学为孺子牛。
久历艰危多刚介，　自空尘俗倍温柔。
六年血火情深处，　山海风波定白头。

①1948年3月，邓拓为纪念他与丁一岚结婚六周年，特作此诗，并与《战地歌》同时抄录在丝帕上。
②鹣鹣：古称比翼鸟。似凫，青赤色，一目一翼，相得乃飞。《尔雅》："南方有比翼鸟焉，不比不飞，其名谓之鹣鹣。"
③齐眉：指夫妻间相敬如宾。语出举案齐眉，见《后汉书·梁鸿传》。

晋察冀日报终刊

九四八年六月

毛锥十载①写纵横,不尽边疆血火情。
故国当年危累卵②,义旗直北控长城。
山林肉满胡蹄③过,子弟刀环空巷迎。
战史编成三千页④,仰看恒岳共峥嵘。

作者自注:《晋察冀日报》终刊之时,深夜发稿将竟,题诗一首登于报端,为永久之纪念。
① 毛锥十载:《晋察冀日报》自1937年12月11日创刊,于1948年6月14日终刊,历时十年六个月零三天。邓拓一直主持这张报纸的工作。
② 累卵:危如累卵,比喻形势极其危险,如同摞起来的蛋,随时都有倒下来的可能。
③ 胡蹄:指敌寇。
④ 三千页:《晋察冀日报》共出近三千期。

送军管会诸同志入粤①

一九四九年

雄狮南下向羊城②,残敌负隅不足平。
红豆③千村思猛士,白云万里望春明。
几番樽俎④传青史,半载政声满燕京⑤。
此去珠江通海外, 好凭马列制长鲸。

① 1949年1月31日,北平解放。4月,邓拓担任中共北平市委宣传部长。8月,《人民日报》开始作为中共中央机关报出版,邓拓担任总编辑。9月,随着解放大军南下,北平军管会部分同志在叶剑英同志率领下赴广东工作。作者写诗为他们送行。
② 羊城:即五羊城,广州的别称。传说古有五仙人,乘五色羊执六穗秬至此。
③ 红豆:亦名相思豆。红豆树的种子,产于岭南。古人常用以象征爱情或相思。王维《相思》诗:"红豆生南国,春来发几枝,愿君多采撷,此物最相思。"
④ 樽俎:同尊俎。古代盛酒、盛肉的器皿,常用为筵席的代称。徐陵《九锡文》:"决胜于樽俎之间。"此处引申指和谈、谈判。
⑤ 叶剑英同志曾任北平市第一任市长。

寄　　父

一九四九年九月

来诗天末写残笺，　猛忆儿时课读虔。
风送塔铃①遥自语，　月沉鸟静梦初圆。
高堂贫病暮年苦，　战友青春新岁还。
乡国今朝欣解放，　好将马列作家传。

①塔铃：福州城内有乌塔。邓拓少年时在父亲指导下读书练字，晨风中，常传来隔壁乌塔叮咚作响的塔铃声。

挽徐悲鸿①

一九五三年九月

一九五三年九月秒闻悲鸿画师去世，感而作此，今日写赠悲鸿纪念馆，志我之不忘。

卅载通灵②画，空群③擅盛名。
孤羁④思远道，解放作高鸣。
刻意超形式，精心胜写生。
遗情托奔马，终古伴长征。

① 徐悲鸿：现代画家、美术教育家。擅长油画、中国画，能融合中西技法，自成面貌。尤以画马驰誉中外。
② 通灵：神异。檀道鸾《续晋阳秋》："恺之尤好丹青，妙绝于时。曾以一厨画寄桓玄。玄乃发厨后取之，好加理复。恺之见封题如初，而画并不存。直云'妙画通灵，变化而去，如人之登仙矣。'"
③ 空群：韩愈《送温处士赴河阳军序》："伯乐一过冀北之野，而马群遂空。"后用相马喻识人，意思是说善识人的人能把有才能的人选拔一空。这句的意思是：徐悲鸿像擅于相马的伯乐一样，以擅长画马而出名。
④ 羁：马络头。在外作客，即指客居他乡的人。

贺 新 婚

一九五七年四月

好是春光三月天,山温水暖意绵绵。
扫眉君问情何许,心事红绡①写万千。

作者自注:赠李白超、高超二同志新婚补壁。
①绡,丝绢。这里代指信件。

题陈伯华①同志演出汉剧《二度梅》②（二首）

一九五七年六月

二度梅开愿不乖③，　合番变起痛遗钗；
丛台一掬生离泪，　　死别伤心落雁崖。

百花簇拥出尘身，　　喜怒愁颦各入神。
汉调相传腔九转，　　柔肠欲断曲犹新。

①陈伯华：著名汉剧演员，当年曾率团来京演出。
②《二度梅》：传统剧目。写唐朝朝臣梅魁遭宰相卢杞陷害，梅魁之子梅良玉患难中与陈杏元的爱情故事。"失金钗"、"丛台赠别"、"落雁岩"等为其中几折。
③不乖：违背，不顺人心意。

挽黄敬①同志

一九五八年二月十四日

千里飞魂入梦惊，寒窗猛忆故人情。
五台烽火连天壮；四野战歌匝地鸣。
往事廿年归史传；心香②一瓣吊忠贞。
新潮今日方高涨，革命长征又一程。

①黄敬："一二·九"运动领导人之一，当时任中共北平市委书记，抗日战争初和作者一起进入五台山抗日根据地，任中共冀中区和冀鲁豫区党委书记。解放后任中共天津市委书记、市长。1952年起任第一机械工业部部长、国家技术委员会主任，党的八大当选为中央委员。
②心香：意指心中虔诚，就能感动佛道，同焚香一样。后来也用来指真诚的心意。龚自珍《南歌子》词："红泪弹前恨，心香誓旧盟。"

长江旅途口占

（绝句四十二首录二十八首）①

一九五八年三月

题大散关②

秦岭北来此险峰，深峦时见虎狼踪。
一从铁道冲天至，大散关头土一壅③。

①1958年元旦，宝成（宝鸡到成都）铁路举行通车典礼。当时担任人民日报社社长的邓拓亲自到第一线采访，写了著名通讯《英雄的路》。随后又采访了许多城镇、农村和古迹，写了游记和这组诗。
②大散关：在宝鸡市南，秦蜀往来之要道。
③壅：壅闭。

写宝成路

十五万人欲破天，填江劈岭往无前；
铁龙怒吼穿山去，俯看白云若晓烟。

过秦岭隧道

列车载我过云端，九转危崖轮铁安。
纵有神仙来世外，管叫惊羡此奇观。

嘉陵江畔

嘉陵江畔忆红军,遥祭当年烈士坟。
万里长征平险阻,方教铁轨上青云。

作者自注:1933年川陕红军在广元县建立革命政权,现在当地还有红军烈士墓。

写 栈 道①

巴山远望白云迷,栈道攀岩傍鸟栖。
深谷窥天天一隙,火龙②旋转作长嘶。

① 栈道:又名"阁道"、"复道",我国古代在今川、陕、甘、滇诸省境内峭岩陡壁上凿孔架桥连阁而成的一种道路,是当时西南地区的交通要道,战国时期即已修建。《战国策·秦策》:"栈道千里,通于蜀汉。"
② 火龙:指火车。

赠杜鹏程

宝成路上四秋冬,草帐深宵奋笔锋。
字字珠玑凝血汗,坚持一念为工农。

作者自注:杜鹏程同志在宝成路修建的四年中,深入工地,在工棚里和建筑工人同志们生活在一起,并且为他们写作。

写内江

如此江山胜画图,内江丘壑最堪娱。
蔗林竹巷短桥渡,处处稻田处处湖。

题都江堰

宝瓶灌溉胜春霖,天府都安直到今。
六字诀传千百载,心随江水水从心。

作者自注:都江堰原名都安堰,意谓有此堤堰,则川西都安。李冰凿离堆,俗称宝瓶口,李氏细察水流的规律,因势利导而支配之。其六字诀云:"深掏滩,低作堰。"乃实际经验的结晶。

咏灌县玉①

宝玉生居沫水②滨,琢磨旦暮作奇珍。
客来掌上擎相对, 如见明眸皓齿人。

①灌县玉:四川灌县以产玉著称。
②沫水:岷江古称沫水。

题天回镇①

当日回銮②得意时,依然天子是隆基。
马嵬仅有红颜怨, 夫妇君臣两不知。

①天回镇：在四川成都北天回山下，唐玄宗自四川回銮时经此。山、镇因此而得名。
②回銮：唐天宝十四年八月安禄山据范阳反，玄宗李隆基率杨贵妃姊妹和杨国忠逃出长安。至马嵬驿（陕西兴平县），随从军杀杨国忠，又逼隆基杀杨贵妃，拥隆基入四川。两年后郭子仪等收复长安，玄宗从四川回到京都。銮，亦作鸾。天子之车有鸾铃，故称鸾驾。

访三苏祠①

路过眉山日色迟，停车参拜三苏祠。
大江东去歌声壮，仅有英才千古师。

①三苏：苏洵、苏轼、苏辙父子三人，宋四川眉山人，均以文学被人所重，世称"三苏"，眉山有三苏祠。

题成都昭觉寺

我来昭觉日斜时，　漫遣余晖照读碑。
历劫头陀①应彻悟；了知知了是真知②。

①头陀：佛教名词。佛教僧侣行头陀时，应守十二项苦行，如乞食、穿百衲衣等，称为"头陀行"。后也用以称呼行脚乞食的苦行僧人。
②作者原注：所谓"了"即实践过程的完结，"知"即认识。

游杜甫草堂①

浣花溪畔草堂开，几度梦魂展谒来。
骨瘦心坚诗朴厚，满园老竹伴寒梅。

①杜甫草堂：唐大诗人杜甫故宅，在成都市西浣花溪畔。

赠重庆诸同志

山城终岁暖如春,喜见花开日日新;
莠草侵园除务尽,更师安泰①好寻亲。

作者自注:安泰,希腊神话中的英雄,大地是他的母亲。

题四川记者站

身居天府写文章,翰墨清新立意强。
记者生涯当自励,一言一动慎思量。

作者自注:《人民日报》驻四川记者站诸同志工作很有成绩,书此勖之。

留赠朱波、李茜

风尘仆仆古长安,走笔为文到夜阑。
常见双飞人称赞,年青事业正开端。

作者自注:朱波、李茜夫妇都是《人民日报》驻陕西的记者。

桂湖有感

桂湖风物殆难忘,独惜升庵①真迹荒。
愿得未来闲岁月,为公评注好文章。

作者自注：四川新都县有桂湖，乃明正德年间著名的文人杨慎（字用修，号升庵）故居。

①杨慎：正德年间进士试第一，授翰林修撰，著作甚多，后人辑其重要编为《升庵集》。

川江即景

丽日风和送客舟，蜀江楚水去悠悠。
浪花飞处天方醉，山色迎人眼底流。

过瞿塘峡

白帝城①孤滟滪②危，瞿塘天堑挺雄姿。
阵图千载留陈迹③，怅望模糊诸葛碑。

①白帝城：城名。在四川奉节县东。李白《早发白帝城》诗："早发白帝彩云间，千里江陵一日还。"
②滟滪：即滟滪堆。在长江之中，瞿塘峡口。堆旁水势湍急，为舟行之患。崖上镌有"对我来"三个大字，舟对石行，则随水旁流，可以避石。若避石而行，则适为漩涡卷入，触石立碎。
③阵图句：传说诸葛亮入川前，即在长江边夔关附近的鱼腹浦布下石头阵，名"八阵图"。后东吴陆逊营烧七百里，刘备穷奔白帝城。追击中，陆逊数万精兵被石阵所阻，刘备脱险。

过 巫 峡①

十二峰②高神女愁，巫山残梦③托江流；
只今两岸猿声④杳，渔唱农歌入客舟。

①巫峡：在湖北巴东县西，与四川巫山县接界，因巫山为名。与西陵峡、瞿塘峡并称长江三峡。
②十二峰：巫山在四川巫山县东，有十二峰，峰下有神女庙。
③巫山梦：神话中楚襄王游高唐梦神女的故事。见宋玉《高唐赋》。
④李白《早发白帝城》诗有"两岸猿声啼不住"句。

过 香 溪

香溪水浅源如竭，地下昭君泪已干。
出塞琵琶消怨绝，犹闻遗韵绕江滩。

作者自注：长江三峡中有西陵峡，峡中有谷口，即香溪也。相传此处乃王昭君故里。船过谷口，视香溪入江处，水浅几不可见。

三 峡 灯

入蜀身忘老，更忘蜀道难。
千灯照三峡，万险一舟安。

游长江大桥

仿佛天街亘①碧霄， 飘然来去自逍遥。
凭教万斛奔涛急， 难撼长江第一桥。

①亘：（音gèn）延绵，横亘。

飞鸥咏

群鸥展翅舞风轻,抚弄江涛若有情。
欲问波光何潋滟?长空一抹彩霞明。

题武侯祠

锦官城外柏长青, 千古君臣梦不醒。
霸业皇图都过去, 游人三五步寒庭。

爱晚亭

晚艳清风峡,霞蒸岳麓山。
明朝晴更好,皎皎照人寰。

长江轮上

忽作浮家客,江天望渺茫。
心随波影阔,目共野云长。
旅思添诗思,山光接水光。
临风多寄意,鸥鹭任翱翔。

题周璕九歌①图

嵩山剑气冲牛斗②， 化入灵均③怨愤辞。
太息九歌和血画， 感人风节有如斯。

作者自注：周璕是明末反清斗争中表现很倔强的人物，一时称剑侠。他又是个画家，字昆来，号嵩山。武汉市筹建屈原纪念馆，收藏了周璕所作的屈原九歌图，细致生动，令人感奋。

①九歌：《楚辞》篇名。系屈原根据民间祭神乐歌改作或加工而成。共十一篇。《国殇》一篇，悼念和颂赞为楚国捐躯的战士；多数篇章，皆描写神灵间的眷恋，表现出深切的思念或所求未遂的哀伤。
②嵩山：古称中岳。在河南登封县北，有中岳庙、少林寺等古迹。牛斗：皆星名，均属二十八宿。《晋书·张华传》："吴之未灭也，斗牛之间常有紫气。"
③灵均：屈原字。

纸　　鸢

一九五八年三月

鸢飞蝶舞喜翩翩,远近随心一线牵。
如此时光如此地,春风送你上青天。

作者自注:题董希文同志画。

题明代仇十洲①作《子虚上林②图》

一九五八年三月

十洲画出相如赋，　　异代同夸绝世功。
云梦征帆秋水阔，　　上林辇路夕阳红。
丹青③气概万人敌，　　秦楚山川一目穷。
乌有子虚都化实，　　古今艺苑仰高风。

① 仇十洲：仇英，字实父，号十洲。明画家，工仕女，神采生动，卓绝当时。
② 子虚上林：司马相如有《子虚赋》、《上林赋》。《子虚赋》假设楚国的子虚出使齐国，向乌有先生夸说楚王在云梦泽游猎的盛况。《上林赋》则由亡是公夸耀汉天子在上林苑校猎的壮景。司马相如：西汉辞赋家，字长卿。四川成都人。
③ 丹青：指绘画。丹和青是我国古代绘画常用之色。《汉书·苏武传》："竹帛所载，丹青所画。"

为杨先让①画题诗

一九五八年六月

经行柳岸又桃溪,景物迷人路亦迷。
借问矿场何处是?牧童指点此山西。

①杨先让:现代画家。

题明人采风画卷

一九五八年夏日

一九五八年夏日过徐悲鸿先生纪念馆,得见明人所画社日风习长卷,不知作者为谁。观其笔锋墨趣,必出于名家之手无疑。画中山川、人物、城郭、村舍、店肆、兵营、舟车、骑射以及舞狮嬉戏种种形态无不唯妙唯肖,此诚绝好之采风画卷也,其艺术价值与历史意义均不亚于宋代张择端所绘之《清明上河图》。余应徐夫人廖静文女士之请,颜之曰采风画卷并题一绝如下。

郊原秋色拥边城,社日如闻满路声。
画笔采风情未了,丹青寄意不留名。

题邳县农民画

一九五八年九月

身随飞鸟上高山，桃李成林绿一湾，
但愿人人勤垦殖，万花开遍白云间。

天 安 门（二绝）

一九五八年十月

其 一

举国欢腾起舞时， 天安门下动遐思；
春秋①大事书万卷，不敌英雄纪念碑。

①春秋：书名，儒家经典之一，相传为孔子依据鲁国史官所编《春秋》整理修订而成。后成为古代史书的通称。

其 二

古来岁月去悠悠，独向高城瞰九州；
今日天安门外路，四通八达遍全球。

题李白纪念馆①

一九五八年

谪仙②化鹤千年去，楚客③狂歌百世师。
绝代奇才嗟放逐④，鸿篇斗酒⑤漫吟诗。
三章⑥天宝清平调，一梦夜郎⑦岁月迟。
大道如今行大地，　高风岂独蜀人思。

①李白：字太白，唐大诗人。蜀昌明青莲乡人。四川省江油县离县城三十华里的青莲场有李白纪念馆。
②谪仙：天宝元年，李白初到长安，当时享有盛名的贺知章见到他，惊叹为："谪仙人"，称其诗"可以泣鬼神"，因而誉满京师。谪：贬谪。谪仙：谪降人世的神仙。
③楚客：指屈原。
④放逐句：屈原在楚怀王时遭谗去职，顷襄王时被放逐。安史之乱中，李白怀着平叛的志愿为永王李璘幕僚，因李兵败牵累，被放逐夜郎。
⑤鸿篇斗酒：杜甫《饮中八仙歌》："李白斗酒诗百篇，长安市上酒家眠。"
⑥三章句：天宝初，李白在长安供奉翰林，一日，玄宗和杨贵妃在宫中观赏牡丹花，因命李白写新乐章，李白作清平调词三首。
⑦夜郎：今贵州西境，古为夜郎国地。李白曾流放于此。

咏李白

一九五八年

自昔好读书，未尝足五车①。独吟太白句，感叹发长吁。一千二百载，谪仙世上无。庸夫与俗子，溷②迹入轩途③。惟公只身茫茫立天地，有如明月耿耿照寰区。公年六十二，遭际不寻常。家本居陇上，先世农工商。辗转来西蜀，结屋青莲乡。少年弃家业，放手写文章。心不满封建，有志在四方。十五好剑术，高歌若楚狂④。寄读大明寺⑤，声名远近扬。三十始有室，举家任徜徉⑥。漫游出三峡，扁舟下楚湘。东鲁越中方飘荡，忽然奉诏入宫墙。论学在金殿，答辩草番书⑦。翰林殊抑郁，诗酒胜虫鱼⑧。数见侍宴饮，下笔泻无余。力士脱靴⑨羞且恼，杨妃屡谗恩渐疏。方信长安居不易，乞命还山愿自如；从此行踪满天下，湖山到处有舟车。洛阳遇杜甫，平生得知音。渔阳鼙鼓动⑩，一片忧时心。匡庐避兵燹(11)，永王(12)结托深。丹阳一败不可救，身居囚槛意森森。出狱(13)未安席，放逐到夜郎，行年近六十，得赦徙武昌。积稿盈万卷，字字放光芒。访友当涂县，得疾乏奇方。临终歌慷慨，亘古感苍凉！吊公悠悠千载后，愧无生华妙笔写衷肠！但愿人间万万代，花开艺苑四时香。太白文光射牛斗，照耀诗坛传统长。

①五车：谓五车书，形容读书、著述之多。《庄子•天下》："惠施多方，其书五车。"过去称读书多为"学富五车"。
②溷："混"的异体字，又同"浑"。
③轩：古代一种前顶较高有帷幕的车子，供大夫以上乘坐。轩途即指仕途。
④楚狂：指楚国狂人接舆。孔子去楚国游说楚王，接舆在他的车旁高唱凤歌嘲笑孔子。李白《庐山谣寄卢侍郎御虚舟》诗："我本楚狂人，凤歌笑孔丘。"
⑤大明寺：在扬州西北，初建于南朝。
⑥徜徉：逸荡，亦作倘佯。韩愈文："终吾生以徜徉。"
⑦草番书：李白懂得某些少数民族文字，曾为玄宗拟写答复当时渤海国君主的文书。
⑧虫鱼：韩愈《读皇甫湜公安园池诗书其后》诗："《尔雅》注虫鱼，定非磊落人。"后称繁琐的考订为"虫鱼之学"。
⑨力士脱靴句：书载李白侍宴酒醉，曾命玄宗笼信太监高力士为他脱靴。
⑩渔阳鼙鼓：指安禄山反叛。白居易《长恨歌》诗："渔阳鼙鼓动地来，惊破霓裳羽衣曲。"
⑪燹：（音xiǎn），野火。兵燹指因战争而造成的焚烧破坏等灾害。
⑫永王：唐肃宗的弟弟李璘。安史之乱中，他以抗敌平叛为号召，由江陵率师南下，过庐山时，坚请李白参加幕府。李白接受了邀请。
⑬出狱、放逐句：肃宗怀疑李璘欲夺帝位，派兵征讨，永王兵败被杀。李白也因从璘获罪，被捕入狱，判长流夜郎。

庆 春 泽①
迎接一九五九年元旦

一九五九年一月一日

中国飞奔,全球注视,东风吹遍大千。领导英明,前途幸福无边。人民忠勇勤劳甚,更难能足智多贤。有雄心,改造家乡,建设田园。

新年又值春光早,看棉粮歌舞,钢铁腾欢。一望高潮,竟然倒海移山;再经苦战几回合,管教他地覆天翻。盼将来,星际通航,世界长安。

① 《庆春泽》:词牌名。

留别《人民日报》诸同志[1]

一九五九年二月

笔走龙蛇[2]二十年, 分明非梦亦非烟。
文章满纸书生累[3]; 风雨同舟战友贤。
屈指当知功与过; 关心最是后争先[4]。
平生赢得豪情在, 举国高潮望接天。

[1] 1958年8月,作者调离人民日报社,任中共北京市委书记。1959年初,报社举行欢送会,作者在讲话结束时,念了这首诗。
[2] 龙蛇:本来形容书法笔势的蜿蜒盘曲。李白《草书歌行》:"时时只见龙蛇走,左盘右蹙如惊电。"这里的笔走龙蛇,指奋笔疾书,做文字工作。
[3] 文章句:作者在人民日报工作期间,曾被批评为"书生办报"。
[4] 后争先:意后来居上。

程砚秋同志逝世周年纪念演出观后

一九五九年三月十二日

程门立雪①岂空谈？　桃李②而今盛斗南。
独创新腔如怨诉，　莫将绝艺比青蓝③。
旧时痛洒荒山泪④；　劲节长留碧玉簪⑤。
化鹤⑥千秋遗爱在，　无边春草已毵毵⑦。

① 程门立雪：《宋史•杨时传》："见程颐于洛，时盖年四十矣。一日见颐，颐偶瞑坐，时与游酢侍立不去。颐既觉，则门外雪深一尺矣。"后来用为尊师重道的典故。
② 桃李：比喻所栽培的后辈或所教育的学生。如：桃李满天下。
③ 青蓝句：常指青出于蓝而胜于蓝。此处称颂程砚秋的艺术造诣卓绝。
④ 荒山泪：程派著名京剧剧目，程砚秋1929年编剧并主演。写明代苛税逼死农户高良敏一家六口的故事。
⑤ 碧玉簪：程砚秋1924年编剧并主演。写明代女子玉贞忠贞于爱情的故事。
⑥ 化鹤：《搜神记•后记》卷一："丁令威，本辽东人，学道于灵虚山，后化鹤归辽。"本谓成仙，后常用"化鹤"为死亡的代称。
⑦ 毵毵：毛发或枝条细长貌。孟浩然《高阳地》诗："绿岸毵毵杨柳垂。"

题画两首

一九五九年三月

张君度山水画跋

画出于元胜于元，笔粗意细简中繁。
青山绿水丛林色，销尽幽人野客魂。

作者自注：张宏字君度，明末人，画学元人而有过之。

题周璕待渡图

侠骨豪情一念痴，横眉心事有谁知？
天昏欲雨空江暮，正是征人待渡时。

作者自注：周璕乃清初画家，死于甘凤池之狱；生平好画龙，此人物画为少见之作。

水乡小景

一九五九年四月

万顷碧波自作田,荷风初起鲩鱼鲜。
晚来撒网湖中去,摇漾星华落满天。

作者自注:题许十明同志画。

访徐悲鸿纪念馆（三首）

一九五九年六月

其 一

展谒故居感念深，悲鸿遗作已成林。
业精中外堪独步，想见平生一片心！

其 二

千秋真迹眼前明，往古来今有定评。
画入君家无俗笔，当年惨淡费经营。

其 三

如闻古乐奏飞龙[1]，冉冉乘云下九重[2]；
八十七仙[3]长作伴，遨游艺苑最高峰。

---

[1] 飞龙：骏马。李白《答杜秀才五松山见赠》诗："敕赐飞龙二天马，黄金络头白玉鞍。"
[2] 九重：指天。《汉书·礼乐志》："九重开，灵之斿。"颜师古注："天有九重。"
[3] 八十七仙：徐悲鸿藏画有《八十七神仙卷》。

小 词 二 首

一九五九年六月

忆江南①

赠昆明友人

天涯路,到处是故乡。万里河山春不老,满园花草四时香,莫负好风光。

① 《忆江南》:唐教坊曲名。又名《江南好》、《望江南》。

捣练子①

勖川中记者

毛锥动,彩云生,蜀水燕山若有情。
展望高潮奔日月,文章常助百家鸣。

① 《捣练子》:词牌名。以咏捣练而得名。又名《杵声齐》。

为黎雄才画题诗①

一九五九年六月

八闽风物喜更新,安泰桥头此写真。
最是榕花开不谢,满城香气扑游人。

①黎雄才:广东肇庆人,著名岭南派画家。曾任广州美术学院教授,擅长山水画。

水 龙 吟①

吊于非闇画师②

一九五九年七月七日

朝来碧落③笙箫，先生羽化④登仙去。云程万里，星桥横渡，琼楼玉宇；高处凝眸，半空明月，一天烟雨。看自然造化，心头彻悟，挥画笔，随风舞。

写尽鸟虫花树；学徽宗瘦金书谱⑤。长年刻苦，访师求友，不拘门户。忆昔相逢，三春佳日；畅怀谈吐。今和此芜词⑥——水龙吟曲，吊公千古。

① 《水龙吟》：词牌名。又名《小楼连苑》、《龙吟曲》等。
② 作者自注：于非闇先生解放前旧作，题有水龙吟一阕。此画作于丁丑年，即1937年；其时先生四十九岁，距今二十二年。今闻非闇先生逝世，检视此画，重读水龙吟，感喟殊深。先生曾自言："渴望解放、向往光明、翘企春风之心，早已有之。"今读其词而益信，因和而吊之。
③ 碧落：碧空；天空。白居易《长恨歌》："上穷碧落下黄泉，两处茫茫皆不见。"
④ 羽化：古人称成仙为羽化，即"变化飞升"的意思。苏轼《前赤壁赋》："飘飘乎如遗世独立，羽化而登仙。"
⑤ 瘦金书：宋徽宗赵佶正楷学唐薛曜，略变其体，自称"瘦金书"。
⑥ 芜：杂乱。《旧唐书·马周传》："扬榷古今，举要删芜。"此处为自谦之词。

昭君怨①

追祭女画家姜燕同志②

一九五九年七月十一日

三十九年生命，百幅丹青似锦；艺术最堪夸，考妈妈。

想见武昌黄鹤③，舞影长空绰约④，画梦入琼楼⑤，去悠悠。

① 《昭君怨》：词牌名。又《洛妃怨》等。
② 作者自注：女画家姜燕同志，湖北武昌人。去年夏季于出国途中，因飞机失事不幸遇难，今将周年。画家仙逝长空，余以为乃去琼楼画梦去也。其生前作品百余幅，均得好评；《考考妈妈》为得奖之名作，至今脍炙人口。画家有知，亦当含笑。
③ 黄鹤：传说中仙人所乘的鹤。崔颢《黄鹤楼》诗："昔人已乘黄鹤去，此地空余黄鹤楼。黄鹤一去不复返，白云千载空悠悠。"黄鹤楼在武昌。古代传说有仙人乘黄鹤过此，故名。
④ 绰约：姿态柔美貌。
⑤ 琼楼：仙人居住的楼台。苏轼《水调歌头》词："我欲乘风归去，又恐琼楼玉宇，高处不胜寒。"

群 英 赞（四首）

一九五九年十月

孟泰会见李凤恩

访友探亲又取经，"大钢"跃进莫休停。
东风送暖凤恩笑， 孟泰精神老更青。

作者自注：老孟泰在群英会中会见了老战友李凤恩。为了在武钢推广快速出铁法，李凤恩说要向"娘家""取经"；老孟泰说："不分鞍钢或武钢，全国只有一个钢，我们要保住这个"大钢"不断跃进才对！"两个愈谈愈高兴。

时 传 祥

惯于闻臭始知香，辛苦朝朝入粪场。
业此十年如一日，时传祥是好儿郎。

作者自注：此次出现全国群英会的代表中，有一位粪便清洁工时传祥，他对自己的工作非常认真负责，并且帮助别人。

"机车大夫"颂

陈发大夫举国知,机车百病术能医;
半生劳动长辛店,解放成名老技师。

作者自注:出席全国群英会代表、长辛店机车厂陈发同志,今年五十九岁,是工人出身的工程师。他对火车机车的各种毛病,都能细心研究,加以修理,所以被铁路职工普遍赞扬,称为"机车大夫"。

崔 华 轩

"跃进龙舟"设计精,琢磨旦暮欲忘情。
牙雕绘出燕京貌, 代表艺人一片心!

作者自注:崔华轩是象牙雕刻老艺人,有四十多年的工龄,经验丰富,是"跃进龙舟"大型象牙雕刻艺术品的设计人。

东 柳 吟（六首）

一九五九年十一月

最近山东柳子戏、两夹弦、柳腔联合演出团来京演出，使我们能够看到元、明以来几乎失传的地方戏曲的古老剧种，颇有所感，写了几首小诗。

迎柳子戏

水浒遗音柳子腔，元明传统盖无双！
我来听曲长安院①，欲觅郓城老宋江。

作者自注：演出团以山东省柳子剧团为主要组成部分，它的前身是郓城县工农剧团，可以说是从"梁山泊"来的。
①长安院：即长安戏院。

柳腔赞

曾问郑国周姑子，五百年前花鼓声；
今日京华翻旧曲，内容形式两更生！

作者自注：青岛市柳腔剧团的节目以古代民间流传的"郑国戏"、"周姑子"等花鼓秧歌为基础，加以发展，在内容和形式上都略有改革。

咏两夹弦

四弦两夹马鬃弓，韵绕胡琴大板雄。
自古乱弹多深意，何须千载论穷通？

作者自注：菏泽两夹弦剧团这次也参加了演出。所谓两夹弦，就是四根弦中每两根夹着弓上的一股马尾鬃；也有叫"乱弹"这个老名字的。解放前两夹弦的艺人，多半一面卖唱一面讨饭，被污为"穷唱戏的"，现在大翻身了！

孙安动本

编排史事作传奇，万历江陵岂有知？
正气如虹吞北斗，孙安合是古人师。

作者自注：演出团的重要剧目之一是《孙安动本》，情节动人，唱作皆工，确是好戏。虽然，剧中讽刺明朝万历皇帝和内阁大学士张居正，事实是编造的。

玩会跳船

二九年华白月娟，钱塘江上结良缘。
激扬笙笛酣歌舞，一曲罗工欲化仙。

作者自注：这是很典型的柳戏折子，音乐特别好听，演员也很有功夫。其中以白月娟在龙舟会上唱的一段"罗工调"最为动听。

赵女观灯

山东弦索谱奇文，古史连珠更罕闻；
赵女观灯歌九折，重编五典与三坟①。

作者自注：这一出小戏的情节很简单，我觉得它的最大特色在于：赵氏女在一路观灯的时候，一口气唱了许多历史段子，从女娲氏一直到隋唐，都是别出心裁自己编创的，充分体现了原作者的大胆创作精神。

①三坟五典：相传是古书名。《左传·昭公十二年》："是能读三坟、五典、八索、九丘。"

香山小唱（九首）

一九五九年十二月

香山口占

朝阳洞口向朝阳，洞外松风彻骨凉。
满耳涛声喧万壑，不闻市上有仙乡。

拟题静宜园壁

"静宜"胜迹京西冠，历劫湖山倍足奇。
万树千峦佳绝处，　和平花缀血红旗。

咏香山寺

古刹崔巍①八百年，几经兵火不轻迁。
阶前听法双松在，　悟否南无一字禅？

① 崔巍：高峻貌。

题香炉峰

人见不愁鬼见愁①,香炉峰出香山头。
石钢烟柱添云气, 宇宙纵横眼底浮。

① 香炉峰又名鬼见愁。

登香山绝顶

山登绝顶我为峰,俯瞰城乡意正浓。
万里风云增干劲,波涛起伏势如龙。

读西山晴雪碑

乾隆御笔有何奇? 劳动人民建此碑。
高处松风成巨籁①,岂徒晴雪可题诗!

① 籁:古代一种乐器。也指声音,如万籁俱寂。

写琉璃塔

迂回十级度林荫,怜此浮屠劫火深。
风引塔铃频自语,何尝无病便呻吟?

璎珞岩

水作披肩绿作衣,垂岩妃子戏珠玑。
每当山雨初过后,璎珞盘倾下翠微①。

①翠微:青绿的山色,也泛指青山。

爽心陀远眺

半山独立爽心陀,瞬息风光变幻多。
跃进京华新岁月,青春生命发狂歌。

题汪溶画册（二首）

一九五九年

汪慎生画师以焦墨淡彩稍加渲染写成黄山雁荡风景二十帧，飘逸如云林，浑厚如大痴，而豪迈淋漓处尤似石涛。欲得南宗衣钵者，可于此册寻之。

一

雁荡①黄山畅卧游，丹青如此足千秋。
云林风貌大痴②骨，恍见清湘侗傥俦③。

作者自注：汪溶，号慎生，现代国画家。
①雁荡：即雁荡山，在浙江省东南部，多悬崖奇峰，为旅游胜地。黄山：在安徽省黟县西北。诸峰列峙，山间云气四合，弥漫如海，称黄山云海。游览胜地。卧游：以欣赏山水画代替游览。倪瓒《顾仲贽见访》诗：“一畦杞菊为供具，满壁江山作卧游。”
②云林：即倪瓒，元画家，字元镇，号云林子。无锡人。和黄公望、吴镇、王蒙合称"元四家"。大痴：即黄公望，元朝画家，名坚，字子久，又号大痴道人。平江常熟（今江苏）人，工书法，通音律，能做散曲。晚隐于富春。
③清湘：石涛号清湘老人。侗傥：豪爽，洒脱不拘。如风流侗傥。俦：伴侣。张衡《思玄赋》：“仰矫首以遥望兮，魂怅惘而无俦。”

二

群峰高耸入长空,山色奇幽月影笼。
仰望巨鹰凌碧海,从知雁荡果英雄。

题黄胄画

一九五九年

好风吹梦下天山①，心在平林浅水间。
佳果尝新供晚会，呼獒②彷欲舞铃环。

作者自注：画家黄胄同志新制此画，别有一番意境。作画之时，余见之于灯下，豪放纵笔不拘成法，而自饶神韵。画中情景恍如新疆。盖维吾尔族之青年女子，每届果熟之期，辄登山采果，携至山麓安排歌舞晚会，今观此画，真如亲睹矣。
①天山：横贯新疆中部的山脉。
②獒：（音áo），体大猛犬。

通 州 行

一九五九年

八里桥东古渡头,燕云常护北通州。
春来时雨郊原足,不向下游向上游。

泰山秋月①

一九五九年

众山对我尽低头②，天半高寒已着裘。
万里长空一轮月，岱宗绝顶过中秋。

①泰山：主峰在山东泰安县北，为五岳中之东岳。亦称泰岱、岱宗、岱岳。
②众山句：杜甫《望岳》诗："会当凌绝顶，一览众山小。"

赞杨柳青年画

一九六〇年元旦

三百年来板画新,民间艺术此奇珍。
刀兵水火都历尽,杨柳青青大地春。

颂山茶花①

一九六〇年春初病中

红粉凝脂碧玉丛,淡妆浅笑对东风。
此生愿伴春常在,断骨留魂证苦衷。

① 作者在《可贵的山茶花》一文中写道:"我生平最喜欢山茶花。前年冬末春初卧病期间,幸亏有一盆盛开的浅红色的'杨妃山茶'摆在床边,朝夕相对,颇慰寂寥。有一个早上,突然发现一朵鲜艳的花儿被碰掉了,心里觉得很可惜。我把她拾起来,放在原来的花枝上,借着周围的花叶把她托住。经过二十天的时间,她还没有凋谢。这是多么强烈的生命力啊!当时我写了一首小诗,称颂这朵山茶花。"

题石涛①《菱藕图》

一九六〇年五月

此菱藕图乃黄胄同志收藏之又一珍品，可信为石涛失国后早期之作，读其题诗，尤无疑义。石涛传世作品大半为康熙接见以后所制，然则此图之可贵更不待言矣。因写此一绝，志余之感慨也。

一片冰心万古情，　　出泥何幸此身轻。
金陵去后追无及②，又落红尘恨不平。

①石涛：清僧人，姓朱，名道济，字石涛，号清湘老人，又号大涤子、苦瓜和尚。与八大山人同时，善画山水兰竹。
②金陵去后句：指清兵南下，南京陷落，江南被扫平。

题石涛《山水卷》

一九六〇年五月

黄胄同志得石涛真笔山水,装成此卷,余幸有缘,几番鉴赏,细察画中笔意及原题,可断为石涛失国后早期之作,因书一绝以记之。

虎踞龙腾①势不容,高峦深泽隐奇踪。
清湘血泪盈丘壑, 点染残山②六六峰。

① 虎踞龙腾:原作龙蟠(或盘)虎踞,形容地势雄壮险要,特指南京。《太平御览》卷一五六引晋张勃《吴录》:"刘备曾使诸葛亮至京,因睹秣陵山阜,叹曰:'钟山龙盘,石头虎踞,之帝王之宅。'"
② 残山:指明亡后的残余江山。

西郊公园楼上

一九六〇年夏日

四野苍茫一径通,绕楼万木醉东风。
市声渐远闻天籁;夏日间阴悦老农。
翠色满园堪止渴;莲池丛蕊欲飞红。
诗情画意难描尽,付与丹青翰墨①中。

①翰墨:犹笔墨,指文辞。曹丕《典论·论文》:"古之作者,寄身于翰墨,见意于篇籍。"

延庆道上（六首）

一九六〇年七月

朝发北郊

近年每过江南路，辄感京华十载情。
愿借下乡三日便，抚今追昔写春明。

登八达岭

长城万里矗高峰，天际盘龙古塞雄。
今日游人凭揽胜，边墙内外沐东风。

烈 士 塔①

当年沥血战疆场，烈士英名万代扬。
塞上崇陵②怀旧雨，招魂一瓣掬心香。

---

①延庆、昌平、门头沟一带，原属晋察冀边区平西抗日根据地。因邻近北平，对敌人威胁很大，日寇不断"清剿"，战斗激烈残酷，我抗日军民有较大牺牲，解放后立塔纪念烈士。
②崇陵：崇，有高和尊贵的意思，此处泛指帝王陵墓。

黄 龙 潭

柳色蒲香曲水边， 黄龙潭畔有新天。
见闻却怪茶经①陋，不识人间第一泉。

①茶经：唐陆羽撰。陆号季子，字季痴，复州竟陵（今湖北天门）人，以嗜茶著名，著有《茶经》三篇，旧时被视为"茶神"。

题延庆城

蒙元帝王此挍生，北地风光映古城。
往昔兴亡何足庆？十年解放听歌声！

作者自注：此城初名龙庆，因元仁宗诞生于城东之香水园而得名；明永乐时更名隆庆；穆宗龙庆元年又更名为延庆。

游官厅水库

四山叠翠拥平湖， 朔野翻成沼泽区。
妫水①桑干流不尽，郊原处处是膏腴②。

①妫水：即妫河。发源于延庆县东北，西南流经怀来入桑干河。
②膏腴：肥脂。借指土地肥沃。

江南吟草

一九六〇年七月

近于病后漫游江南,到处气象一新,令人鼓舞。跃进声中,山川倍见壮丽,风物美不胜收。时有所感,辄成小诗。旅途为方便起见,以随时随地口占绝句最觉适宜,请读者指正。

采风五首——《江南吟草》之一

萧山①野外

东风飞雨过萧山。百里田畴曲水间。
蓑笠云烟浑入画,插秧人在白萍湾。

①萧山:县名,在浙江杭州市东,钱塘江下游。

马山①观田

纵览马山一岛长,越王遗迹②已荒凉。
莫欺此处无多土,百里千家足稻粱。

①马山:在浙江绍兴县东北,滨海。
②越王遗迹:越,古国名,建都会稽(今浙江绍兴),春秋末年常与吴相战,为吴王夫差所败。越王勾践卧薪尝胆,刻苦图强,终灭吴国。

焦山①形胜

焦山何贵有焦光②？战史辉煌决胜场。
砥柱中流③今尚在，长江终古壮东方。

①焦山：亦名谯山，樵山。在江苏镇江市东北，弧峙大江中，与金山对峙。传东汉末焦光隐居于此，故名。
②焦光：东汉隐士，字孝然，隐居京口焦山，结草为庐。
③砥柱中流：砥柱，原为河南三门峡东一个石岛，屹立于黄河急流之中。比喻能担任重任、支撑危局的人。丁鹤年《自咏》诗："长淮横溃祸非轻，坐见砥柱中流倾。"

镇江①志感

万里长江势欲吞，高潮来去动乾坤。
天风吹起浮家梦，破浪擒鲸护国门。

①镇江：市名，在江苏省西南部，长江南岸，大运河和沪宁铁路经此。古称朱方、京口。

湖上口占

四围山色碧云堆，水上风微燕子回。
多谢湖波千万斛，年年增产又防灾。

西湖组诗——《江南吟草》之二

孤山①远眺

朝霞晴翠晚烟笼，景物时时变幻中；
今日西湖超西子②，天工人力两无穷。

①孤山：在杭州西湖中，界里外二湖之间，一屿耸立，旁无联附，为湖山绝胜处。
②今日句：苏轼《饮湖上先晴后雨》诗："欲把西湖比西子，淡妆浓抹总相宜。"

苏堤①漫步

碧桃杨柳各依依，五里苏堤水色飞，
处处流连多妙境，六桥②过尽不知归。

①苏堤：北宋元祐年间苏轼知杭州时，疏浚西湖，堆泥作堤，故名。
②六桥：苏堤分西湖为内外两湖，堤上有桥梁六座，桃柳夹堤，所谓"六桥烟柳"即指此。"苏堤春晓"为西湖十景之一。

雨中踏诗

桃花初谢杜鹃开，春色无声几度催。
报答西湖垂盼意，白堤①雨里踏诗来。

①白堤：旧时误以为白居易任杭州刺史时所筑。据《西湖志》载："白居易所筑者，在旧钱塘外，当时称白公堤，今已无闻。"西湖白堤为后人纪念白居易而名。

望雷峰塔①

映波桥上望雷峰， 千古奇情②有所钟。
莫怪世人倾此塔③，不教野佛④逞凶锋。

①雷锋塔：一名黄妃（钱俶妃）塔。遗址在杭州西湖南夕照山上。五代吴越王钱俶时建。于1924年倾塌。
②千古奇情：指白蛇、青蛇和许仙的传说故事。
③莫怪句：指人心盼望白娘子获救，雷峰塔倒掉。鲁迅有文《论雷峰塔的倒掉》。
④野佛：指白蛇故事中的法海和尚。

题苏小小①墓

沦落风尘②恨不平，恶之欲死爱之生。
西泠③埋骨讥封建，赢得千秋吊古情！

①苏小小：文学故事人物。一说为六朝南齐著名歌伎，家住钱塘（今杭州），常坐油壁车。《乐府诗集》收有《苏小小歌》。唐李贺、温庭筠、张祜均有诗作。一说为宋代著名歌伎。苏盼奴之妹，钱塘人，能诗词，后嫁襄阳赵院判。见郎瑛《七修类稿》。杭州西湖有苏小小墓。
②风尘：旧指娼妓或社会地位卑下者的生活。《聊斋志异·鸦头》："妾委风尘，实非所愿。"
③西泠：西泠桥，苏小小墓离此不远。

登玉皇山[①]

春光绿透万山隈,放眼登临又一回!
最是江南风景好,西湖三月养疴来。

①玉皇山:在杭州南,为龙山主峰。亦作育王山,一名天真山。

题济公[①]塔

相隔虎跑[②]只一墙,济颠塔院据高冈。
那堪如此佳山水,却作伽蓝[③]舍利[④]场。

①济公:宋天台人,俗姓李,剃度于杭州灵隐寺,法名道济,为方便度世,佯为癫狂,世因称济颠。坐逝后葬于虎跑塔中。
②虎跑:即杭州大慈山虎跑寺,有虎跑泉,泉水甘冽,著称于世。
③伽蓝:佛教语言。指僧众所住的园林,即佛寺。
④舍利:即舍利子,佛教语,指佛骨。据佛经载:释迦既卒,弟子阿难等焚其身,有骨子如五色珠,光莹坚固,名曰舍利子。因造塔以藏之。后来德行较高的僧人火化后的残余骨烬也称舍利。

咏飞来峰[①]

人间安得此奇峰,天外飞来陨[②]石踪。
漫说无稽凭意测,试从星象悟禅宗[③]。

①飞来峰:在杭州灵隐山东南。清《一统志》引《舆地志》:"晋元和中,僧慧理登此山,叹曰:'此为中天竺国灵鹫山之小岭,不知何年飞来。'因名飞来峰,亦名灵鹫峰。"

②陨石：含矿质较多或全部为石质的陨星。
③禅宗：佛教宗派名，又名佛心宗，或心宗。

咏三生石

偶来灵隐访住持①，问道匆匆日影迟。
往史渺茫何足信，三生石畔立多时。

①住持：佛家语。寺院主僧称住持。《禅院清规》："续佛慧命，斯曰住持。"

题灵隐寺①

灵隐千年烟霭深，冷泉②玉乳③洗尘襟。
摩崖④造像知何意？法相原来出匠心！

①灵隐寺：在杭州灵隐山，晋僧慧理建。山门额曰绝胜觉场，传是葛洪所书。宋景德四年，改为景德灵隐禅寺。明初毁，后重建，改今名。
②冷泉：在飞来峰下，流经灵隐。昔时深广可通舟，泉上有亭，白居易有记。苏轼守杭州时，曾于亭中判事，至今传为雅谈。
③玉乳：即玉乳洞，在灵隐山。旭光一线，上透极顶，俗称一线天。
④摩崖：碑文就刻于名山岩石之上者，谓之摩崖。亦有选刻经文、雕琢佛像或诗赋赞颂者。

六桥[1]别意

烟水苍茫别绪侵，绿云飘缈锁深林。
斜风细雨六桥路，一任湖光荡客心。

[1]六桥：在西湖苏堤上，宋苏轼建。曰映波、锁澜、望山、压堤、东浦、跨虹。又里湖亦有六桥，明正德中知府杨孟瑛建。曰环壁、流金、卧龙、隐秀、景行、浚源。

歌唱太湖——《江南吟草》之三

喜至太湖①

西湖秀媚太湖雄，吴越山川见大同。
震泽波涛三万顷，奔流江海五洲通。

①太湖：又名五湖。湖跨江浙两省，面积号称三万六千顷。湖中岛屿几十余，以东西洞庭、马迹山三岛为最著名。

夹浦①望太湖

乍见太湖夹浦滨，烟波浩渺迥无垠。
夕阳红染云山醉，爽朗襟怀病后人。

①夹浦：夹浦镇，在浙江长兴县东北，太湖西岸。
②迥：远。曹植《杂诗》："之子在万里，江湖迥且深。"

游鼋头渚①

丽日和风烟水平，云天摇漾远帆轻。
鼋头望远具区阔，静听湖波拍岸声。

①鼋头渚：在太湖中犊山下。突出湖中，形为鼋头，故名。为太湖游览胜地。

至三山岛①

野草闲花满地香，俨如仙岛水中央。
芦塘柳岸涛声壮，恍觉矶头白日长。

①三山岛：在鼋头渚对面太湖中。

蠡湖①怀古

畴昔扁舟泛五湖，恩仇去处有宏图。
情钟绝世萝山女，褒贬是非视灭吴。

①蠡湖，太湖的一部分，因范蠡故事而成蠡湖。范蠡，春秋楚人，事越王勾践二十余年，苦心戮力，卒以灭吴，尊为上将军。蠡以勾践难与共安乐，乃辞去，变易姓名，历齐至陶，操计然之术以治产，因成巨富，自号陶朱公。
②萝山女：即西施。春秋时越美女，亦作先施。苎萝山樵之女。《越绝书》："吴亡后，西施复归范蠡，同泛五湖而去。"

过东林书院①

东林讲学继龟山②，事事关心③天地间。
莫谓书生空议论， 头颅掷处血斑斑。

①东林书院：在江苏无锡县以东。宋杨时讲学处，久圮。明万历年间顾宪成、高攀龙等重修之，讲学其中。顾、高等议论朝政，得到部分士大夫的支持，声气甚盛，被称为东林党。熹宗时，宦官魏忠贤乱政，

东林党受到严重摧残，诛斥殆尽。崇祯初魏忠贤伏诛，东林复盛。但交争反复不已，直至明亡。

②龟山：宋杨时自号龟山，创龟山学派。

③事事关心：东林书院有当年顾宪成撰写的对联："风声、雨声、读书声、声声入耳；天事、国事、天下事、事事关心。"

访高子①止水②

力抗权奸志不移，东林一代好男儿！
攀龙风节扬千古，字字痛心绝命辞。

①高子：即高攀龙，无锡人，明万历进士，熹宗时官左都御史，因反对魏忠贤被革职，与顾宪成在东林书院讲学，时称"高顾"，为东林党首领之一。后魏忠贤党羽派人往捕，他投水死。能诗文，有《高子遗书》。

②止水：《明统志》载，宋江万里罢相居江西鄱阳县北芝山后，凿池创亭，匾曰止水。及元兵陷城，万里赴水死。后人据此，称高攀龙投水处为高子止水。

步崇安寺街

梁溪古刹成街市，想见右军此客居。
三十年前秦烈士，大雄宝殿写新书。

作者自注：崇安寺为晋代所建，王羲之曾寄寓于此。大革命时期，无锡工农革命运动领袖秦起以大雄宝殿为中心，编写宣传小册子，召开秘密会议，后为国民党反动派逮捕，壮烈牺牲。

题陶朱阁

何故居陶学计然①？锱铢②升斗度长年。
将军果自知经济，曷③为越人拓市廛④？

①计然：春秋时人，姓辛氏，善计算，故号计然。范蠡师之，殖产至钜万。
②锱铢：古代重量单位。比喻极小的数量，如锱铢必取。
③曷：何不。
④市廛：犹言市肆，市中商肆。
十余，以东西洞庭、马迹山三岛为最著名。

赠太湖公社

环抱太湖鱼米乡，海洋大陆两兼长。
一山一水全其用，综合功能未可量。

题黄公①涧

孰②意卧云到涧边？缅怀古史听泉鸣。
春申一马平吴越，楚尾③三千共戴

①黄公：战国楚相黄歇，号春申君，相楚二十余年，食客三千人。
②孰：谁；哪个。《论语》："是可忍也，孰不可忍也？"
③楚尾：今江西省北部，春秋时为吴、楚接界之地，因称吴头楚尾。见洪刍《职方乘》及祝穆《方舆胜览》。黄庭坚《谒金门》诗："山又水，行尽吴头楚尾。"亦作楚尾吴头。

古京口吟——《江南吟草》之四

京口①放歌

京口苍茫古渡头，大江日夜向东流。
千帆影逐春山淡，万里风云一望收。

①京口：即镇江。

金山①即景

江风起处山欲动，浮玉②峰头尚半浮。
万里淘沙前顷浪，沧桑阅尽几春秋？

①金山：山名。在镇江市西北，本在长江中，清末江沙淤积，始与南岸相连。有金山寺、楞枷台、法海洞、白龙洞、中泠泉等名胜。
②浮玉：金山古名浮玉。

金山寺①

游山无意叩禅关，神话流传②岂等闲？
断碣残碑犹可爱，长留胜迹在人间。

①金山寺：依金山而建，殿宇幢幢相衔，楼阁层层相接，从山脚直到山顶，山寺浑然一体。
②神化流传：《白蛇传》中"水漫金山"即指此山、此寺。

记天下第一泉①

我来偶酌金山茶,似此名泉亦可夸。
更笑季痴评等第,述而不作②亦成家。

①天下第一泉:指金山中冷泉。泉水倒入杯中,高出杯口不溢,被称为天下第一泉。
②述而不作:谓只阐述前人的成就,自己无所创作。《论语·述而》:"述而不作,信而好古。"

惠山①试茗

久闻无锡惠山茶,名列二泉信足夸。
独怪当年陆季子,乱评等第枉名家。

①惠山:一名慧山、慧泉山。在江苏无锡市西郊。江南名山之一,以泉水著名,有天下第二泉之称。

登北固山①

凭眺江山第一亭,水天如画接苍溟。
危崖壁立临深堑,固比金汤②势建瓴③。

①北固山:位于镇江市区东北长江边。有甘露寺、多景楼、凌云亭等名胜。
②金汤:"金城汤池"的省略语。比喻防守严密的城市。《汉书·蒯通传》:"皆为金城汤池,不可攻也。"颜师古注:"金以喻坚,汤喻沸热不可近。"
③建瓴:《史记·高祖本纪》:"(秦中)地势便利,其以下兵于诸侯,譬犹居高屋之上建瓴水也。"瓴:盛水瓶。

题甘露寺①

孙吴甘露原无寺，寺建南梁武帝时②。
远昔废兴都莫问，流传史事③尽人知。

①甘露寺：座落在镇江北固山上。史载三国时吴建。《九域志》说建寺时有甘露降，故名。
②这两句表明作者不同意吴建寺的说法，指出寺始于梁武帝时。
③这里指相传三国时期周瑜定美人计，引诱刘备来东吴招亲，吴国太甘露寺相亲的故事。

狠石①题咏

孙刘结合战阿瞒②，策略从兹一例看。
狠石至今供佐证，惊涛犹自拍江滩。

①狠石：又称恨石，甘露寺庭前一巨石。相传三国时刘备、孙权到此均拔剑暗祝：如能消灭对方，成王霸业，则剑落石开。二人先后砍石，石均开。至今此石尚存十字纹。
②阿瞒：曹操的小名。

咏东坡玉带

坡公玉带古如新，　睹物难忘舌辩人。
佛印①设题奚足道？何妨空处坐空身？

①佛印设题：金山寺僧了元，号佛印。一日，苏轼往访，了元说："内翰何来，此处无坐处。"东坡戏曰："借和尚四大作禅床。"了元说："山僧有个'转语'（禅家机转之语），你如能言下即答，当从所请。如稍涉拟议，请留下所系玉带，以镇山门。"因曰："四大本空，内翰欲于何处坐？"轼拟议未即答，了元呼侍者，取轼玉带镇山门。

观铁塔文物①

卫公②建塔藏舍利，宋代重修记叙全。
银椁金棺精巧极，　长干③旧物见新天。

①作者自注：北固山铁塔基座内藏有唐、宋文物，最近始发现，具有重大历史与艺术价值。
②卫公：卫文公。
③长干：古金陵里巷名。左思《吴都赋》："长干延属。"崔颢有《长干曲》，李白有《长干行》。

游宜兴善卷洞①

畅游太古水晶宫，洞底长河一楫通；
三叠崔巍开玉宇，此中岂独见天工？

①宜兴善卷洞：宜兴在江苏省南部，邻接在浙江、安徽两省，东滨太湖，特产陶器。善卷洞为宜兴名胜，又称善权洞。洞中夷旷，可容千人，镌石作佛像，有石笋高十有三尺，号玉柱。

题祝英台琴剑冢①

普天儿女哭英台，泪尽相思百代哀！
琴剑沉埋心不死，千年封建化尘埃！

①祝英台琴剑冢：在宜兴善卷洞旁碧艳庵侧畔，其南尚有英台阁，均为传说之古迹。

蜀山①怀东坡

累年谪宦悯荒寒，不独苏堤足锁澜；
更喜此山真似蜀，陶乡风物得长安。

①蜀山：在宜兴县东南，屹然特立，旁无附丽，本名独山。宋苏轼爱其风景类蜀，改名蜀山。

游 扬 州

板桥①歌吹古扬州，我作扬州三日游。
瘦了西湖情更好②，人天美景不胜收。

①板桥：即郑燮，清乾隆进士，号板桥。官知县，工画兰竹，书法以隶楷行三体相参，古秀独绝。人称扬州八怪之一。
②瘦了西湖句：扬州有瘦西湖。

旅途杂诗——《江南吟草》之五

新安①怀古

当年方腊②起新安,风草山前战骨寒;
更有英雄方志敏③,血花开满赤松滩。

①新安:晋置郡,隋、唐复置,辖境相当于今浙江淳安以西、安徽新安江流域及江西婺源等地。
②方腊:北宋末年浙江农民起义首领。
③方志敏:中国无产阶级革命家。第一次国内革命战争时期在江西领导农民运动,创建赣东北革命根据地和工农红军第十军。1934年11月率红军北上先遣队北上抗日,途中遭国民党反动派阻击,因叛徒出卖被捕,狱中坚贞不屈,1935年7月在南昌英勇就义。遗著有《可爱的中国》、《狱中记实》等。

登观音洞

两峰合掌即仙乡,九叠危楼洞里藏。
玉液一泓天一线,此间不识有炎凉。

题严子陵钓台

两岸青山碧水长, 富春江①上吊严光②。
高台十仞临危濑③,莫把鱼竿钓夕阳。

①富春江:浙江省中部,钱塘江自桐庐至萧山段的别称。两岸连山,风景秀丽。钓台即在桐庐富春江滨。

②严光：东汉初会稽余姚（今浙江）人，字子陵，曾与刘秀同学。刘秀接位后，他改名归隐于富春山。
③濑：从沙石上流过的急水。《楚辞·九歌·湘君》："石濑兮浅浅。"

写古竹洞

古洞高崖有凤翔，山前五老阅沧桑。
讲经争似谈诗好？奚论神仙世外方！

灵岩①口占

摩崖来读宋人碑，山水东南第一奇。
千载灵岩留胜迹，永教天柱展红旗。

①灵岩：在浙江省乐清县雁荡山，为雁荡第一峰。

题显胜门①

仙溪曲折接云根，忽见冲天显胜门。
削壁深潭开栈道，当年战火有余痕。

①显胜门：在浙江乐清县雁荡山会仙峰五里谷中。两岩相对，下为深潭。门高一百二十丈，门内侧有石佛洞，又有飞湫瀑。其景极奇险。

游夫山

夫山小岛未闻名,景物天然百草生。
今日荒林初拓辟,虫草花鸟亦多情。

咏瓯江①

翠鬓蛾眉白练飘,迎人笑舞柳枝腰。
飞鸿影落清波外,却惹相思客梦遥。

①瓯江:浙江省第二大河,上源龙泉溪,出浙闽边境洞宫山西北,流到丽水县大港以下称大溪,在丽水折向东南到青田石溪纳支流小溪后始称瓯江,经温州市入海。

题瓯江坝

静似天仙怒欲疯,瓯江性格本双重;
大开水库翻山野,治病防灾一坝中。

游金华双龙洞

卧船入洞访奇踪,恍遇潜藏太古龙。
自昔传闻惟见首,我来首尾看从容。

沈园步放翁①韵

肠断魂销痛昔年,沈园遗事恨绵绵。
何堪重读钗头凤,吊古人来意怆然。

①放翁:南宋大诗人陆游号。陆游为山阴人(后并山阴、会稽为绍兴县),初婚唐氏,在母亲压迫下离异、其痛苦之情倾吐在部分诗词中,如《沈园》、《钗头凤》等,真挚动人。

题天台山国清寺①

一行到此水西流,今日东风起上游;
涉尽禅关当入世,慈航人海去悠悠。

作者自注:国清寺门外立一大碑,上书:"一行到此水西流",乃唐代僧一行故事,今日观之殊觉可笑。
①天台山国清寺:天台山在浙江省东部。山上有隋代敕建的国清寺,是佛教天台宗的发源地。

伽蓝殿隋梅

疏影横斜古殿凉,天台几度见刘郎①?
一千四百年前树,依旧迎人送暗香。

①刘郎:即刘晨。相传在东汉永平年间,剡县人刘晨、阮肇同入天台山采药,遇二女子,邀至家,留半年,迨回乡,子孙已历七世。见《太平广纪》引《神仙记》。

游烟霞三洞①

石屋争如水乐危？象峰晋佛更多姿。
题崖纵有诗千首，难写烟霞三洞奇！

①烟霞洞：在杭州西，旧与石屋洞齐名，称南山二洞府。今以烟霞为胜地，石屋非其比。洞中旧有石刻罗汉六，吴越王别刻十二。洞口有苏东坡像，旁有佛手岩，有石笋五支如手节下指，故名。

至雁荡山

路入白溪别有天，虹桥云树隐群仙。
千峰欢舞成奇景，百涧狂歌庆大年。

水龙吟

颂十三陵水库①

一九六〇年十月

群山环抱平湖，碧云绿水江南景；飞来北国，妆扮原野，浑成妙境。四十万人，半年劳动，功勋彪炳。看帝陵②寂寞，沧桑一变；天与地，都惊醒！

两载加工修整，到而今新村繁盛；朝朝暮暮，歌声盈耳，烟波渔艇。春夏秋冬，风光多样，斗奇争胜。待良辰佳节，凭高望远，尽君豪兴！

作者自注：右《水龙吟》一阕，题周怀民（现代著名画家）同志画十三陵水库图。
①十三陵水库：在北京市昌平县境内。其地有明皇帝陵寝十三座，故名。水库于1958年建成。
②帝陵：指十三陵的长陵和定陵等。

赠王国权①同志

一九六〇年

故人持节②过东欧，国际风云笔底收。
史普里河③看逝水，折冲樽俎④几春秋。

①王国权：作者的战友，当时任我国驻波兰大使。
②节：符节。古使臣执以示信之物。《周礼》："掌守邦节而辨其用，以辅王命。"后亦称使者为使节。
③史普里（Spree）河：原德意志民主共和国东部河流，发源于德捷边境。
④折冲樽俎：于酒杯之间制服敌人。《战国策》："千丈之城，拔之樽俎之间；百尺之冲，折之衽席之上。"

题周怀民作石家滩图

一九六〇年

秋山醉卧水狂歌， 新路初开绕硐①阿。
从此舟车无险阻， 飘然来去胜凌波。

庚子秋日题于三藤书屋

作者自注：画家周怀民同志旅行西北归来，作品盈篋。此幅描写石家滩风景，设色不同于异常，颇有静穆和谐之致，而又富于现实生活气息，今于展现之余戏题一绝。

①硐：（音Dòng），山洞或矿坑。

题越剧《小忽雷》①

一九六〇年十月

绝妙传奇小忽雷,千秋琴韵有余哀。
木兰花托红笺引,倩女魂离紫禁隈②。
巾帼须眉光史册,血腥封建化尘埃。
歌场今日翻新调,越水燕山鼓舞来。

① 《小忽雷》:小忽雷是一种乐器,越剧《小忽雷》写青年男女梁厚本和郑盈盈的爱情故事。梁善音律,郑善弹琴,梁赠郑小忽雷,互许婚约。后二人被奸人陷害,经艰难曲折,终于团圆。
② 倩女魂离:元郑光祖有杂剧《迷青琐倩女离魂》。取材唐代陈玄祐传奇小说《离魂记》。写张倩女与王文举相爱,为其母阻挠,文举被迫进京赶考,倩女思念文举而魂魄离躯,终于赶上文举,结为夫妇。
隈:山、水等弯曲的地方,如山隈,城隈。

咏 熊 猫①

一九六〇年十月

川源深处竹斑斑， 劲节长留宇宙间。
黑白分明新面目， 弟兄作伴下林峦。
西游山姆②惊魂落，东望燕都客梦还。
今日家邦方鼎盛， 天涯何必唱阳关③？

① 诗题吴作人画《熊猫》，以《诗配画》栏目在北京晚报副刊刊出。吴作人：现代著名画家，中国美术家协会主席。曾留学法、比，专习油画。解放后，着重国画，笔墨晕润洒脱，独具风格。
② 山姆：即山姆大叔，美国的代称。
③ 阳关：琴曲，即《阳关曲》，又叫《阳关三迭》。以唐王王维《送元二使安西》诗为主要歌词，抒写离情别绪。

忆多姿

赶　　集

一九六〇年

马儿驰，驴儿驰，生活而今胜旧时，丰年万事宜。
老相随，幼相随，最是春风吹舞衣，踏歌如梦飞。

作者自注：题黄胄同志画。

赠李克瑜①同志

一九六〇年十月

铁划银钩②妙入神,婆娑③舞影倍清新。
白描④夺尽丹青色,付予人间万代春。

①李克瑜:现代女画家,擅长民族舞蹈服装设计。舞蹈速写,尤具特色。
②铁划银钩:原指书法艺术上的要求,既刚劲又遒媚。这里指绘画线条的勾勒。
③婆娑:盘旋,多指舞蹈。如婆娑起舞。
④白描:中国画技法之一。用墨线勾描物像,不着颜色;也有略施淡墨渲染的。

赠抗美援朝诸将士

一九六〇年十月二十五日

抗美援朝一马先， 国门东去扫狼烟。
和平事业遭横祸， 正义战争定凯旋。
血洒林峦碑在口， 功高牛斗势垂天！
任教冰雪三千里①，唇齿邦交②铁石坚。

①三千里：朝鲜民主主义人民共和国国境长三千里，称三千里江山。
②唇齿邦交：《左传·哀公八年》引子泄对吴王说："夫鲁，齐，晋之唇，唇亡齿寒，君所知也。"朝鲜民主主义人民共和国和我国隔江（鸭绿江）相望，唇齿相依。

参观故宫绘画馆

一九六〇年十月

八百年间古帝都，石渠秘籍继河图①。
丹青旧迹嗟零落，翰墨奇缘意婉愉。
心爱斯文非爱宝，身为物主不为奴。
人民艺术新天地，展望方来万里途。

①石渠：阁名。《三辅黄图》："石渠阁，萧何造，其下砻石为渠以导水。其中藏入关所得秦之图籍。至于成帝，又於此藏秘书焉。"河图：传说远古时伏羲氏王天下，龙马负图出于河。遂则其文以画八卦。

更 漏 子①

《秦娘美》②观后

一九六〇年

听文琴，操古调，尺鼓碰铃声袅。清板曲，寄生谣，革新风格高。

秦娘美，珠郎好，压迫摧残不了。情似海，恨难消，盼来解放潮。

① 《更漏子》：词牌名。因晚唐温庭筠词中多咏更漏而得名。
② 《秦娘美》：写侗族青年男女珠郎和秦娘美的爱情故事。突出歌颂了女主角秦娘美在和恶势力斗争中坚贞不屈的性格。

悼 念①

一九六〇年春

惊闻飞将殒重泉,天壤茫茫望鹤还。
一命不悭捐祖国,三生遗憾促华年。
伤心犹忆病中事,起死难求世外仙。
无影山头愁万叠,莫教岁月付云烟!

①此为作者悼念战友之作。

绝句两首

一九六〇年

偶得改七芗摹李龙眠背立宫女图一小帧,不忍释手,爰将旧作绝句两首,稍加修改以题之。

其一

幽怨无端对紫微①,朝云暮霭拂宫衣。
天风吹梦蓬莱去②,便载莲池③月影归。

①紫微:紫微垣,星官名,在北斗以北。
②蓬莱:仙山名。《史记》:"蓬莱、方丈、瀛州,此三神仙山也,在渤海中,盖常有至者,诸仙人及不死药在焉。"
③莲池:佛地。

其二

愿托长庚护月华,鬓丝惆怅向天涯。
人间若个痴心者,寂寞空庭听暮鸦。

题古代人物画集（五首）

一九六〇年

梁　　鸿①

不因人熟不拘文，岂是鸿鸾②不喜群？
举案齐眉偕老矣，葬身还傍要离③坟。

①梁鸿：东汉初扶风平陵（今陕西咸阳西北）人，家贫博学，与妻孟光隐居霸陵山中。曾为人佣工舂米。每归，孟光为具食，举案齐眉，以示敬爱。
②鸿：水鸟名，较雁为大，喜集湖边。鸾：鸟名，古称似凤，五彩而多青色。
③要离：春秋末年吴国人，相传由伍子胥推荐给吴王，谋刺在卫国的公子庆忌。他请吴王断其右手，杀其妻子，假装得罪出走。到吴国后，又假意向庆忌献破吴之策，谋求亲近庆忌。当同舟渡江时，庆忌被他刺死。他亦自杀。

刘　　毅①

沛公②遗裔志非凡，却怪平生教不严。
一掷万金何足惜，　江山落日吊孤帆！

①刘毅：东晋沛（今江苏）人。好赌博，一掷百万。桓玄篡位，刘毅与刘裕等起兵讨平之，以匡复功封南平郡开国公，荆州刺使。后与刘裕不协，为裕所攻，兵散，缢死。
②沛公：即汉高祖刘邦。沛县人，曾任泗水亭长，秦二世时陈胜起义，他起兵响应，称沛公。

陶　　潜①

倦游彭泽赋归来②，五柳③门前手自栽。
采菊东篱秋不老④，诗心琴韵几低回。

①陶潜：即陶渊明。东晋大诗人，浔阳柴桑（今江西九江）人，曾任江州祭酒，彭泽令，因不满当时士族地主把持政权的黑暗现实，去职归隐。长于诗文辞赋。诗多描写自然风景和田园生活，散文以《桃花源记》最为有名。
②倦游句：陶潜弃彭泽令隐居时作《归去来辞》。
③五柳：陶以宅边有五柳树，自号五柳先生，作《五柳先生传》以自况。
④采菊东篱句："采菊东篱下，悠然见南山"诗句。

韩　　信①

淮阴城下钓无鱼，漂母②恩情胜倚闾。
长乐宫前刀俎上，可怜一饭悔当初。

①韩信：汉初诸侯王。淮阴（今江苏清江）人，家贫，得一漂母济助，以饭食之，后助刘邦灭楚，建立汉朝。封楚王。后有人进谗，降为淮阴侯。又告他与陈豨勾结在长安谋反，被吕后诱入宫中杀害。
②漂母：洗衣妇。倚闾：言望子心切之情。《国策》："王孙贾母曰：'汝朝出而晚来，则吾倚门而望；暮出而不还，则吾倚闾而望。'"后因以指慈母。

司马相如①

临邛过客②动琴心,诗酒流连赋上林。
一片痴情怜卓女③,当垆④何憾报知音。

①司马相如:西汉辞赋家。所作《子虚赋》为武帝赏识,得召见。又作《上林赋》,武帝用为郎。
②临邛:古县名,在今四川邛崃。以产盐铁著名。临邛过客,指司马相如。
③卓女:即卓文君,卓王孙女。相如过临邛,饮于卓氏。文君新寡,相如以琴心挑之,文君夜奔相如。
④当垆:卖酒。古时的酒店,垒土为垆,安放酒瓮,卖酒的坐在垆边,叫"当垆"。《史记·司马相如列传》:"(相如)买一酒舍酤酒,而令文君当垆。"

物华·天宝·人杰·地灵①

一九六一年春

六亿神州志气雄， 东风日日压西风。
物华九土②夸新国；天宝三奇③奏巨功。
人杰欣逢舵手健； 地灵始信本源丰。
好凭倒海移山力， 展布群才夺化工④。

①物华、天宝、人杰、地灵：这八个字的连用，见于唐代王勃的《滕王阁序》。物华天宝，意指大地上之美景好物，为上天之宝；人杰地灵，意指人中之俊杰，乃大地灵气之所钟。作者以这八个字为题，赞美党、人民和社会主义事业的伟大成就。
②九土：即九州，指中国。
③天宝三奇：喻指三件宝物：土地、人民、政事。《孟子·尽心章》："诸侯之宝三，土地、人民、政事。"
④化工：天工，造化之功，自然的创造力。

迎 春 舞

一九六一年三月

岂徒歌舞为迎春?更慰辛勤公社人!
雨露不时天作祟,耕耘自信手如神。
尽将劳动光荣事,寄托英雄儿女身!
集体分工飞健步,风和日暖正良辰。

作者自注:题李克瑜同志画。

天 仙 子①
贺加加林上天②

一九六一年四月

少校巡天天不晓,倏忽归来天尚早。飞来飞去胜神仙,东方号,人间宝,任尔妖魔惊又恼。

玉宇琼楼都杳杳,世外遨游轻似鸟。传真照,含情笑,亿万人民齐问好。

① 《天仙子》:词牌名。
② 尤里·阿列克谢耶维奇·加加林,原苏联红军少校。1961年4月12日驾驶宇宙飞船"东方-1号",完成了世界上首次宇宙飞行。

题吴作人同志画（五首）

一九六一年四月

漠　　上①

塞外②霜天阔，边疆古道长。
当年荒漠地，　今日水云乡。
毡帐开新宅，　驼峰动牧场。
艰难凭负重，　瀚海亦康庄。

① 《漠上》：吴作人作长幅手卷《漠上图》，画驼队行走在塞外沙漠上。
② 塞外：即塞北。指长城以北，包括内蒙古自治区、甘肃省和宁夏回族自治区北部及河北省外长城以北等地。

万　年　红

北国飞霜雪，群芳凋谢时，
奇花称一品，热血感三仪①；
烈火红心壮，东风大地吹；
寒冬看已尽，春到万年枝。

① 三仪：即天、地、人。

奔　牦①

生来奔走万山中，踏尽崎岖路自通。
穷白何堪嗟故国，好凭跃进继雄风！

①牦：牦牛，即牦牛，身长长毛，耐寒，睡卧冰雪地上而不觉冷，蹄质坚实，在空气稀薄的高山峻岭间善驮运，故称"高原之舟"。

藏　春①

奴隶翻身日，　高原大有年。
牦牛犹解语，　春雨早耕田。
畴昔超生②梦，今朝自在仙。
东风吹梵③土，草色欲连天。

①藏春：藏族的春节。
②超生：此处指来世。
③梵：清静。《法华经·序品》："常修梵行。"

咏　鸽

战地传书忆旧时，羞衔橄榄剩空枝。
云山比翼双飞梦，生死同心一念痴。
历尽世途知苦乐，炼成火眼识安危。
倘来风雨漫天起，奋翅关河任所之。

七场歌舞①联咏

一九六一年五月

多谢红娘递简②情；水宫鱼女羡人生。
黔中故事秦娘美；陇左秧歌舞步轻；
黑力其汗遮笑口；新疆养路起欢声；
朱帘秀③色英雄气，一曲双飞报汉卿④。

① 七场戏剧、歌舞是：《红娘》、《鱼美人》、《秦娘美》、《陇左秧歌》、《黑力其汗》、《养路歌舞》、《关汉卿》。
② 红娘递简：红娘，王实甫杂剧《西厢记》中侍女。曾热情地为张生和崔莺莺传递约会的书信。
③ 朱帘秀：元代杂剧女艺人，艺名珠帘秀，擅演花旦等角色。
④ 汉卿：元代大戏曲作家关汉卿。"一曲双飞"指戏剧《关汉卿》中的插曲《蝶双飞》，它歌颂了关汉卿与朱帘秀大义凛然的精神，和志同道合的情谊。

阮郎归①

祖 国

一九六一年六月

归来天末浪游身,侨居忆苦辛。老翁含泪痛前尘,去乡三十春。

思祖国,盼亲人,朝朝闻革新。儿孙指点问家门,海滨云树村。

作者自注:题张彤云油画《祖国》。

① 《阮郎归》:词牌名,用阮肇、刘晨故事。又名《醉桃源》。

福建伞舞

一九六一年六月

采罢雨前茶①,闽江映晚霞。
熏风催霁色; 舞伞到山家。
勤习田园艺; 常挑韵字纱。
歌仙随处是, 一步一枝花。

作者自注:题李克瑜同志画。
①雨前茶:采自谷雨前的茶叶。苏轼诗:"焦坑闲试雨前茶。"

虞美人[1]
牧场一角[2]

一九六一年六月

儿家自幼无烦恼，只觉农村好。青山绿水倍多娇，公社牧场到处任逍遥。　天山南北春光老，忽听鸡鸣早。育雏全活指标高，不禁满心欢喜见眉梢。

---

[1]《虞美人》：词牌名。《古今词话》："《益州记》曰：'雅州出虞美人草，唱<虞美人>曲，则随风而舞，且应拍者。'"
[2] 此为题画诗。

踏莎行①
寨　歌

一九六一年七月

南国风光,傣家歌舞,景颇②村寨喧箫鼓。西双版纳卡牌奴,如今个个奇男女。　孔雀弄姿,青年结侣,芭蕉水果盈筐篓。溪桥集市换犁锄,社田增辟万千亩。

作者自注:题韩美林同志画。
①《踏沙行》:词牌名。韩翃诗:"踏沙行草过春溪。"词取以为名。
②傣、景颇:都是我国西南少数民族。

清溪泛艇①

一九六一年六月

清溪曲折过沙洲,忙里偷闲试小舟。
两岸丛林天籁足,邀将水调入歌头②。

①题画诗。
②《水调歌头》:词牌名。《词谱》:"水调乃唐人大曲,凡大曲有歌头,此必裁截其歌头,另倚新声也。"此句意谓大自然的美景激起了诗人的诗兴、歌兴。

题自画山水扇面

一九六一年夏

翠鬟蛾眉白练飘①,鸥波轻漾小蛮腰②,
渔帆点点沙洲外, 却惹相思客梦遥。

作者自注:辛丑长夏小憩于山房,偶翻破箧得旧扇一把戏为补白。
①此句用拟人的方法形容山色。
②此句用拟人的方法形容水景。小蛮,唐代名妓,善舞。白居易有诗
句:"杨柳小蛮腰。"此处喻水的轻柔。

荔 枝 图①

一九六一年夏

五月闽江荔枝红， 神游宛在西湖中。
鸡冠鹤顶都莫比， 玉液琼浆②各不同。
佳种千年移上苑③，民航万里逐飞鸿。
今朝南北分尝味， 顿觉心清耳目聪。

①荔枝图：系作者所画扇面，并题此诗。
②玉液琼浆：指美酒。
③上苑：皇家花园。这里指首都北京。

金鱼图咏①

一九六一年八月

靓妆②浓黛裹头红,绝色天成感化工。
娥娜③岂为仙子病?逍遥自在水晶宫。
鲸鲵莫笑安盆沼; 鼎鼐④无缘问玉躬。
纵有飞泉来丙穴⑤,金鱼何必变神龙。

① 金鱼图咏:系作者所画扇面,并题此诗。
② 靓妆:漂亮、好看。靓妆即用脂粉妆饰。
③ 娥娜:亦作婀娜、阿娜,轻盈柔美貌。
④ 鼎鼐:古代炊具。躬:身躯。
⑤ 丙穴:陕西大丙山,其北有穴,有水潜流,传称为丙穴,每年春天有鱼从中跃出。

桃园忆故人①
悼梅兰芳②同志

一九六一年八月十日

天才扮就红妆女,英气轩昂眉宇,绝艺能文能武,一代梨园③主。　舞台五十年华度,最识人间甘苦。解放红旗高举,爱党余生许。

---

① 《桃园忆故人》:词牌名。陆游词名《桃源遇故人》。又名《虞美人影》、《醉桃园》。
② 梅兰芳:著名京剧表演艺术家。解放后曾任中国京剧院院长,中国文联副主席。1959年加入中国共产党。
③ 梨园:唐玄宗时教练宫廷歌舞艺人的地方。后人称戏班为梨园,戏曲演员为梨园弟子。

一 斛 珠①
古代书法陈列观后

一九六一年八月

琅玡②风骨,开宗立派传衣钵。六朝江左风流歇③,万岁通天,摹得诸王帖④。 书法宋元犹挺拔,明清两代几中辍。古人遗墨千秋诀,何幸如今此处看陈列。

① 《一斛珠》:曲名。唐梅妃被贵妃杨玉环逼迁上阳,明皇于花萼楼思念她。会夷使贡珠,命封一斛赐梅妃。妃谢以诗云:"柳叶双眉久不描,残妆和泪污红绡。长门尽日无梳洗,何必珍珠慰寂寥。"明皇以新声度曲,名曰《一斛珠》。
② 琅玡:指王羲之。东晋书法家,琅玡临沂(今属山东)人。官至右军将军,人称王右军。后辞官定居会稽山阴(今浙江绍兴)。
③ 六朝江左句:江左,即江东,六朝江左指魏晋南北朝时期的南朝,即宋、齐、梁、陈四代。此句意称魏晋南北朝时期,南朝的书法几乎全笼罩在"二王"(王羲之、王献之)的书风影响之下。
④ 诸王:指王羲之、王献之、王珣等人。

青玉案①
战友——鲁迅和瞿秋白

一九六一年九月

凄风苦雨寒天短,最难得知心伴。长夜未央相待旦;论文谈道,并肩伏案,不识何时倦。 投枪掷去歼鹰犬②,翰墨场中久征战。笔扫敌军千万万;普罗③旗号,马列经典,艺苑流风远。

作者自注:右《青玉案》一阕,为赞美鲁迅、瞿秋白战斗友情,录似(奉也)顾行同志清赏。
① 《青玉案》:词牌名。张衡《四愁诗》:"何以报之青玉案"。词名取此。
② 鹰犬:指国名党反动派及其御用文人。
③ 普罗:普罗列塔利亚译音的缩写,即无产阶级。

题自画桂花扇面

一九六一年

天香①何处忽飘来，　笔底翻从扇上开。
梦到九秋同潋滟②，　心归三径③且徘徊。
闻将翰墨供谈笑，　漫把清樽泛醽醁④。
欲问吴刚⑤寻斤斧，　月光照影舞千回。

周怀民同志拂暑

①天香：谓天上之香也。《法华经·法师功德品》："如是等天香和合所出之香无不闻知。"
②潋：水际，水盛满也。潋滟：水溢貌。陆游诗："云破山嶙岣，雨足湖潋滟。"
③三径：陶潜《归去来辞》："三径就荒，松菊犹存。"后人本此，辄以三径为隐士所居。
④醽醁：美酒。见《集韵》。
⑤吴刚：相传为月宫里的仙人。《酉阳杂俎·天咫》："旧言月中有桂，……下有一人常砍之，树创随合。人姓吴名刚，西河人，学仙有过，谪令伐树。"

虞美人①
新 疆 舞

一九六一年九月

豪情热血凌霄志,一代青年气。春风柳絮拂蝉衣,舞到夜阑晓月接朝晖。 郊原草色连天翠,仙乐教人醉。诗心画意寄芳菲②,远近踏歌声逐彩云飞。

① 《虞美人》:唐教坊曲名,后用为词牌。取名于项羽宠姬虞美人。又名《一江春水》、《玉壶春》等。
② 芳菲:谓花草之芳香也。也用以称花草。陆龟蒙《卖花翁》诗:"十亩芳菲为旧业。"

写怀民粤游画册

一九六一年

岭表①云游去，　归来画百帧。
行行逾万里，　　夜夜每三更。
笔写江山色，　　心怀家国情。
京华时展望，　　指点五羊城②

①岭表：五岭之表，即岭南。《晋书·滕修传》："修宿有威惠，为岭表所服。"
②五羊城：广东省广州市之别称。《广州记》："战国时高固为楚相，五羊衔谷穗于楚庭，故广州厅事，梁上画五羊像，又作五谷囊。"今广州市城内有陂山，山阳有穗石洞，相传五羊仙人持谷穗至此化为石，故名。世因又称广州市城曰穗垣。

题周怀民画（两首）

一九六一年

山川千古任沉浮，月自轻幽水自流。
百战关河风火后，芦花深处泊孤舟。

青铜峡①外水狂歌，千古黄河险阻多。
电站工程开新局， 舟车驰骋胜凌波。

①青铜峡：黄河上游峡谷之一。在宁夏回族自治区青铜峡县境内。1967年在峡口建有青铜峡水利枢纽工程。

画意歌声

诗四首题周怀民画稿
一九六一年十二月

太湖渔村

五湖风雨晚来晴,天际飞帆雁阵轻,
眼底渔村绕画意,千秋公社送歌声。

白洋淀①上渔家

水泊芦丛舴艋②舟,当年兵火雁翎③浮。
战歌唱罢渔歌起, 世世英雄姓字留。

①白洋淀:在河北省中部,由九十二个大小淀泊组成。为海河平原上最大的湖泊。
②舴艋:小舟也。
③雁翎:抗日战争中,白洋淀水上民兵英勇善战,称雁翎队。

燕子矶①新貌

翠壁丹崖傍水滨,十年面目已全新。
旧时血泪都抛尽,燕子归来报早春。

①燕子矶:在南京市东北郊观音山上。矶头屹立长江边,三面悬绝,临瞰江水,宛如飞燕,故名。

黄山①春色

云海迷蒙耸嵬峨,黄山丛笏②瀑成河,
蒸腾万里丰收景,浩荡千村跃进歌。
削壁松风传劲节,惊天柱石制颓③波,
高峰俯看朝晖起,大地光明胜概多。

①黄山:在安徽省黟县西北。相传皇帝与容成子、浮丘公尝合丹于此,故名。诸峰列峙,著者三十六。山间云气四合,弥漫为海,世称黄山云海。
②笏:(音hù)古代君臣在朝廷上相见时手中所拿的狭长板子,用玉、象牙或竹制成,上面可以记事。此处用来比喻直立的山峰。
③颓:水下流也。《史记》:"水颓以绝商颜。"

访郑板桥①故居

一九六一年

歌吹扬州惹怪名,兰香竹影伴书声②。
一枝画笔春秋笔,十首道情③天地情。
脱却乌纱真面目,泼干水墨是生平。
板桥不见虹桥在,无数青山分外明。

①郑板桥:明燮,号板桥,江苏兴化人。清书画家,文学家。
②歌吹、兰香两句:郑板桥擅画兰竹,和当时的正统画风有所不同,被曰为画坛的"偏师"、"怪物",与汪士慎、黄慎、金农等八人,被称为扬州八怪。
③道情:歌词中的一种体裁。本名黄冠体,为道士所作,所谓离尘绝俗之语。后乡里俚俗的鼓儿词,寓有劝善之意的,也称道情。江浙一带多有之。郑板桥的道情之作,则皆喜笑怒骂之言,为世所称。

看吴作人等 东北采风画展

一九六一年冬

画外无穷意，白山黑水①长。
昔年边塞地，今日稻梁仓。
跃进经三载，红旗举八荒②。
热情调彩笔，点染好风光。

①白山黑水：即长白山、黑龙江。
②八荒：犹八极也。贾谊《过秦论》："秦孝公有席卷天下，苞举宇内，囊括四海之意，并吞八荒之心。"

题　画

一九六一年

三十年前赋远游，八闽①山水少勾留。
只今解放新时代，回首乡园喜有秋。

作者自注：辛丑春日，老友傅衣凌兄来京参加会议，将归之时，索余诗画，爰作此图并题以赠（傅衣凌为著名历史学家，厦门大学副校长，作者青少年时期的同窗学友）。

①八闽：福建古为闽地，宋时分为八个府、州、军；元分为八路，因有八闽之称。

题梅三首

一九六一年冬

其 一

矜持傲骨出尘寰,石破开天岂等闲?
老竹千秋留劲节,招来春色到人间。

其 二

年年占得百花先,红满枝头态自妍。
最是江南春不老,岚光香雾绕山前。

其 三

石破天惊骨相[1]奇,冰霜历尽挺雄姿。
灵岩月照罗浮[2]影,更喜春风着意吹。

[1] 石破天惊:谓动人之甚。李贺《李凭箜篌引》:"女娲炼石补天处,石破天惊逗秋雨。"骨相:本指人或动物的骨骼相貌,这里指梅花的骨气。
[2] 罗浮:山名。灵岩寺和罗浮山两地梅花皆有盛名。

忆仙姿[①]
任伯年[②]画展题记

一九六一年

鸦片战争以后,谁是画坛魁首?穷苦一学徒,血泪育成高手。知否?知否?绝艺百年无偶。

① 《忆仙姿》:词牌名。
② 任伯年:任颐,字伯年,清末著名画家。浙江山阴(今绍兴)人。少时学徒,中年起寓居上海卖画。工花鸟、人物,亦能山水。

浪涛沙[1]
题黄镇[2]同志长江画集

一九六二年

万里写长征,热血丹青。一枝秃笔胜刀兵,草地雪山难阻挡,革命弟兄。 卅载不知名,艺苑奇英。关河百战寄高情,人物风流传后世,日月峥嵘[3]。

[1]《浪淘沙》:词牌名。又名《浪淘沙令》、《过龙门》等。此调最早创自唐代刘禹锡和白居易,内容专咏浪淘沙,如白居易《浪淘沙》"白浪茫茫与海连"等。
[2]黄镇:长征老干部,擅绘画。红军长征时,绘此画集。
[3]峥嵘:山势高峻突出。比喻才气、品格等超越寻常。

赠刘澜涛①同志

一九六二年

北岳风云写旧情，　边疆跃马见平生。
沙河②秋暮烽烟起，紫塞霜寒鼓角鸣。
千里关山盈血泪，　万家玉帛化刀兵③。
凯歌吹落胡天月，　京国长安羡政声。

①刘澜涛：当年晋察冀边区领导人之一，作者的老战友。
②沙河：即大沙河，由河北省阜平县西部龙泉关东南流入行唐境。
③刀兵：战火，战争。

赠范瑾①同志

一九六二年春节

试从旧史悟新闻， 列国春秋岂可分？
东观②惠姬文字乐，莫论世事乱纷纷。

①范瑾：女，当时的北京日报社社长。
②东观：汉时宫中藏书之处。惠姬：班昭字，东汉才女。系班彪之女，班固之妹。号曹大家，作女诫七章。班彪继司马迁之史记作汉书，书未成，其子固续之。固著汉书未就死，昭就东观藏书踵成之。

赠宋汀①同志

一九六二年春节

天孙②云锦灿朝霞,衣被京华百姓家。
一缕一丝来不易, 殷勤处处得桑麻。

①宋汀:女,当时任北京纺织厂厂长。
②天孙:星官名,指织女星。织女为民间神话中巧手织造的仙女,为天帝之孙,故名。

赠邢显廷①同志

一九六二年春节

廿年回首话前尘， 尚有故交解苦辛。
创业由来皆草莽②，更从建设学贤人。

①邢显廷：当年晋察冀日报工作人员，作者的老战友。
②草莽：杂草；丛草。陶渊明《归园田居》："常恐霜霰至，零落同草莽。"引申为草野，与"朝廷"、"廊庙"相对。《孟子》："在野曰草莽之臣"。这里指人民大众。

画 堂 春①

赠 谢 稚 柳②

一九六二年春

江南风物总多姿,淡妆浓抹相宜。试将彩笔点胭脂,不负春时。 出水芙蓉本色,无言桃李成蹊③,莺飞燕语绕高枝,画里寻诗。

① 《画堂春》:词牌名。调见《淮海集》,咏画堂春色,取以为名。
② 谢稚柳:著名书画家。上海博物馆和杭州西泠印社顾问,著有《水墨画》和《鉴余杂稿》等。
③ 无言句:《史记·李将军列传》:"谚曰:'桃李不言,下自成蹊。'"喻才华出众,受人景仰。蹊:小路。

赠沙英①同志

一九六二年春节

闲阶草色一房书,满案琳琅②日不虚。
自觉此中多心得,故人莫讶鬓毛疏。

①沙英:人民日报编辑。
②琳琅:精美的玉石,比喻珍异的物品、文章或人才,如:琳琅满目。

赠范儒生①

一九六二年

当年战火起边城,三晋风云草木兵②。
敌后斗争多锻炼,艰难造就一儒生。

① 范儒生:当年中共北京市委组织部部长,山西人。
② 三晋:即山西。战国末,晋为韩、赵、魏三家卿大夫所分,独立为国,史称三晋。后作为山西省别称。草木兵:即草木皆兵。《晋书·苻坚载记》"坚与苻融登城而望王师,见部阵整齐,将士精锐;又北望八公山上,草木皆类人形,顾谓融曰:'此亦劲敌也,何谓少乎?'"此处指敌人畏我疑草木皆兵。

赠 刘 涌[①]

一九六二年

阅尽风波岁月深,坚持战斗识雄心。
一腔热血千秋业,莫话艰难直到今。

①刘涌:当时任北京市公安局副局长。

《麻姑图》题跋

一九六二年

画师学者本樵夫， 四百年来道不孤。
自是泰州流派左①，指头村女便麻姑。

此泰州学派理学家朱恕指头画也。考朱氏泰州人，樵薪养母，一日过王心斋讲堂歌曰：离山十里，薪在家里，离山一里，薪在山里。心斋异之，谓门弟子曰：道病不求尔，求则不难，不求无易。恕闻心斋语津津有味。每樵必造阶下听之。有宗姓者，贷以金，使别寻活计，不受，曰：子非爱我，我且憧憧，然经营念起，断送一生矣。胡直为学史招之不往，以事役之，短衣徒跣入见，庐山与之成礼而退，此画写麻姑不失村女本色，指墨之间别开生面，犹为难得。因题一绝如上。

左海邓拓识

①左：佐证，证据。

南游未是草（三十二首）

一九六二年二月

离京抵穗

结伴离京趁晓曦，五羊回首日斜时。
南飞似觉春光早；北望休嗟风信①迟。
按下云头初遇雨；拨开案牍且寻诗。
天涯消息君知否？岭表花红第一枝。

①风信：风应花期而来，故谓之信。古有二十四番花信风之语。如小寒，一候梅花，二候山茶，三候水仙；……立春，一候迎春，二候樱桃，三候望春……等等。

谒毛主席农运讲习所

平生一念为工农，讲学珠江赖启蒙。
考察湖南新说立，深谋宇内几人同？
井冈割据千秋业，革命长征万里通。
建设奠基天下计，东方大地起雄风。

虎门①题壁

当年烈火焚烟壮,怒压西来狂寇威。
沙角滩头开海战,亚娘鞋畔响郎机。
清廷屈辱林公谪,边塞沦亡国势微。
今日中华新气象,虎门终古树红旗。

作者自注:当年威远炮台所在地,名曰"亚娘鞋角"。郎机乃清代军事书籍中常用之一种大炮译名。

①虎门:在广东珠江三角洲东南侧,为珠江主要出海口之一,珠江口要塞。鸦片战争时期林则徐曾在此销毁鸦片,并痛击英国侵略军。

肇庆七星岩

天边北斗星犹在, 底①事飘零落世间?
分得瑶池千顷水, 移来蓬岛七重山。
含情脉脉秋波媚, 削玉亭亭寸步艰。
西子洛妃②如问讯, 诸家姐妹列仙班。

作者自注:此乃广东肇庆之七星岩,非广西桂林之七星岩。当地民间传说:此七星岩乃天上北斗星所化成。

①底:疑词,犹何也,那也。韩愈诗:"有底忙时不肯来。"
②洛妃:即洛神,洛水的女神洛嫔。曹植曾作有《洛神赋》。

从化①温泉三瀑

头甲山前一水东,奔流直下化飞虹。
高崖百丈银蛇舞,香粉飘飘对晚风。

作者自注：三瀑为飞虹瀑、百丈瀑、香粉瀑。
①从化：县名，在广州市以北。

观南海公司渔港

燕地冰封日，　琼崖春雨天。
蓬瀛①称岛国，沧海胜桑田。
浪起云龙动，　船浮樯橹连。
登临渔港阔，　长啸绕堤边。

①蓬瀛：即蓬莱、瀛洲，皆神山名。《史记·秦始皇本纪》："海中有三神山，名曰蓬莱、方丈、瀛州，仙人居之。"

怀苏东坡

曾谒眉山①苏氏祠，　也曾阳羡②诵题诗。
常州京口③寻余迹，　儋耳④郊原抚庙碑。
海角天涯身世感，　朝云春梦⑤死生知。
千秋何幸留遗墨，　画卷潇湘竹石奇。

作者自注：余游古儋耳时，正值苏东坡诞生九百二十五周年纪念日之前夕。我对东坡十分景仰，并且收藏有他《潇湘竹石图》一卷。想东坡当年谪居儋耳，虽有漂泊海角天涯之感，但琼岛南端海滨石上之"海角天涯"四字，一望而知为后人所书，非东坡手笔。据复查崖州志，证明"天涯"二字乃清代雍正年间知州程哲所书。海角二字更勿论矣。
①眉山：四川省眉山县，苏东坡的故乡。
②阳羡：旧县名，故城在今江苏省宜兴县南。

③常州、京口：均江苏地名。宋熙宗六年，苏东坡曾在此题诗。
④儋耳：古郡名，现儋县，在海南岛西北境。宋绍圣四年，苏东坡因写诗得罪皇帝，被贬至海南岛。
⑤朝云：东坡的侍妾，伴随东坡赴谪所，病逝于惠州。春梦：东坡被贬，有老妇见之谓曰："昔日富贵如一场春梦。"后称此妇为春梦婆。

宿鹿回头

逐鹿回头见美姬，古今传说渐迷离。
潮来沧海鱼龙舞，风过椰林昼夜诗。
怕采后山红豆蔻，免教他日苦相思。
天南地北云游梦，眼底匆匆已觉迟。

作者自注：鹿回头为海南岛南端之风景区。相传昔日黎族青年猎人，追赶野鹿至此，回头恰遇美丽女子，故名其地为鹿回头。传说之情节与地方志之记载，颇有出入。

游古儋州

北陆严冬海国春，儋州一望绿如茵。
天教珍果生南土；地尽红砂少软尘。
风雨橡林仙岛曲；犁锄野圃老农亲。
优游安得闲年月？万水千山自在人！

过黄埔①有感

中山久困思联共②，蒋氏篡权伏杀机。
黄埔军人分赤白， 春秋已判是和非。

①黄埔：在广东，黄埔军校所在地。
②中山久困思联共：指孙中山在多次挫折后，决心实行联俄、联共、扶助农工三大政策。

海丰红场

红宫辉耀红场平，处处红花照眼明，
一瓣心香拜先烈，千秋热血铸红城。

陆　　丰

陆丰一宿去匆匆，水碧山明遥客衷。
车上晚风怀志士，半天旭日满城红。

过　湛　江

雷州新港口，四海五洲通。
赤坎迎人笑；霞山映日红。
长堤连海岛；远棹傍飞鸿。
南国春长在，方知造化工。

作者自注：湛江市包括赤坎、霞山两区。

粤桂道中

窗外云山动客心，　卧游千里有知音。
幽兰黄冕①匆匆过，一路奇峰接桂林。

①作者自注：幽兰、黄冕系两处地名，过此至桂林，山势奇耸，风景迥异。

桂 林 揽 胜

浪游到此意留连，叠翠层峰绕市廛。
山向苍天挥剑戟，人从洞府晤神仙。
夕阳如火林峦醉，曲水长流花月妍。
诗思万千消不尽，何如泼墨写云烟。

阳 朔①纪 游

漓江山水不相离，　山自多情水自痴。
雪岭双狮②留俪影，书童独坐自吟诗。
青罗带束蛮腰瘦，　碧玉簪斜黛髻垂。
俯瞰九龙方竞渡，　波平风静欲何之？

①阳朔：桂林著名风景区。漓江自桂林至阳朔四十公里间，山奇水秀，风景如画。桂林山水甲天下，人称阳朔山水又甲桂林。
②雪岭双狮、书童山、九龙竞渡等，均为漓江沿途景点。

碧 莲 峰

碧玉簪头一朵花，莲峰深处美人家。
何时飞上蓬莱岛，海阔天空乐浣纱。

题芦笛岩洞府

举世无双芦笛岩, 彩云宫阙久沉埋。
元和题壁①名犹在, 嘉定留诗②句亦佳。
梦入太虚③游幻境, 神驰仙苑拥裙钗。
天开洞府工奇巧, 炼石④何须问女娲。

作者自注：此乃桂林新发现之钟乳石融洞，比桂林七星岩尤为壮丽，景色绝妙。洞壁间有唐、宋、元、明、清历代游人题词，殊足珍视。此诗第一句韵脚岩字，读音与崖字相同，故用九佳韵。

①元和题壁：元和，唐宪宗年号，即公元806-820年。芦笛岩洞内发现最早的崖刻，写于唐元和十五年。
②嘉定留诗：嘉定，宋宁宗年号，即公元1208-1224年。芦笛岩洞内题诗较完整可辨的是宋嘉定年间的一首。
③太虚：天空。孟浩然《彭蠡湖中望庐山》诗："太虚生月晕，舟中知天风。"
④炼石：我国古代神话传说，古代出现天崩地裂，女娲乃炼五色石以补天。

雪后抵昆明

高原一夜彤云①起, 昨日春温今日冬。
游兴方随诗思远, 何妨更上一重峰！

①彤云：下雪前密布的阴云。

登昆明龙门

嵬嵬龙门千丈崖，游人仰止白云阶。
滇池水阔飞帆渺，不尽风光入客怀。

过天子庙坡

停车天子庙前立，云贵高原一望平。
满耳车声滇缅路，间关万里不胜情。

作者自注：天子庙坡为滇缅路之最高点，海拔二千六百米。

至 大 理

跋涉风尘万里途，来寻南诏①旧时都。
苍山含笑迎宾客，洱海飞帆壮画图。
恍见太和城郭在，如闻天宝血腥屠。
古来无限兴亡感，振臂高岚欲一呼。

作者自注：大理县城和下关之间，有南诏国旧都太和城遗址，南诏碑亦在此废墟之内。附近有万人冢，据传乃唐玄宗天宝年间进攻南诏，大肆屠杀之血腥遗迹。

①南诏：古国名，唐贞观年间建大蒙政权，开元年间统一六诏。全盛时期辖有云南全部、四川南部和贵州西部等地。

游龙首关①

南诏旧时龙首关，残峰废垒鸟飞还。
每从史迹迷茫处，辄悟兴衰指顾间。
万里鸿泥留洱海，千年白雪点苍山。
风云转变新世纪，稽②古鉴今岂等闲？

①龙首关：在云南大理县北，当洱河之首。亦名河首关、石门关、上关。南诏皮罗阁所筑。元兀良合台遣其子鄂摩进师取龙首关，世祖遂入大理国城。
②稽：查考，稽查。

听罗炳媛①独唱

苍山洱海报春先，　客座迎春动管弦。
妙曲回肠腔婉转，　歌喉咽露韵缠绵。
宫商②争为奇情发，流派欣闻艺苑传。
再听不知何岁月，　琴心诗意寄谁边？

①罗炳媛：著名女歌唱家。
②宫商：古音律，即宫、商、角、徵、羽五音，亦称五声。

咏沙村公社

大理光荣五朵花①，　银苍玉洱老农家。
高原万里东风早，　　公社千秋众口夸。
劳动英雄多后继，　　青春儿女灿朝霞。
但求生产经营好，　　岁岁丰收愿不赊。

①五朵花：指大理五位先进的劳动妇女。她们的故事被作为素材摄成影片《五朵金花》。

滇池睡美人

卧佛化身睡美人，　满腔热泪洒红尘。
海枯石烂情无尽，　地久天长恨不泯。
色相如来①观自在，慈悲未必免沉沦。
滇池万顷杨枝水②，一送秋波③一怆神。

作者自注：昆明西山，亦称卧佛山。从城东远眺，状如睡美人。民间传说：她是渔家姑娘，爱上了一个渔郎。风浪把两人的渔船吹散，姑娘找不到情郎，昏倒在滇池畔，永远流着相思的热泪。

①色相：佛家语。禅学以一切外物凡有形式者，都谓之色相。如来：佛的自称。
②杨枝水：佛教喻称能使万物苏生的甘露。张翥《送谟侍者还江阴》诗："杨柳偏洒瓶中水，贝叶时繙翻笈内经。"
③秋波：状女子之目，清如秋水也。苏轼诗："佳人未肯回秋波。"

过钱南园故居

萍踪偶过翠湖滨， 猛忆南园瘦马神。
案牍军机戕①一命， 可怜遗迹久成尘。

作者自注：南园名钱沣，清代乾隆年间进士，官御史，揭发和珅的奸谋，声震天下，后直军机处，以劳卒。诗文书法均臻妙境，又擅画瘦马。
① 戕：（音qiāng）杀害，伤害。

泛舟滇池①有感

偷取银河水一匙， 化成草海②与滇池。
乘舟颇爱风波静， 举网渐稀水族嬉。
物③本天然应有用，事如容易又何奇？
兴邦历代多谋略， 溯远探源便可知。

① 滇池：又名昆明湖、昆明池。在云南省昆明市西南。
② 草海：一称南海子，又称八仙海。在贵州省威宁彝族回族苗族自治县中部。
③ 物：存在于天地间的万物。《诗·大雅·烝民》："天生烝民，有物有财。"诗中此句说：自然界的万物是应该开发利用的。

题云南省博物馆

南来览胜慕盛名, 史迹丰绕一古城。
鄯阐①拓东文物聚,鉴藏考证赖高明。

①鄯阐:唐南诏蒙置为别都。今云南省昆明县。

留别云南诸友

万里云南遇故人,茶花①开处倍怡神。
昆明终岁春常在,爆竹声声又报春。

①茶花:即山茶花,云南八大名花之首。其它为:玉兰花、百合花、杜鹃花、报春花、兰花、绿绒蒿、龙胆花。

归途偶得

只因梦饮天河水,遂欲浪游看野云。
春夏秋冬过顷刻,东西南北历寒温。
身衰莫怨年华促,路远何妨跋涉勤。
孰谓百闻输一见,山川阅尽愧多闻。

绿　　珠①

千秋幽怨向谁明？　骨碎香消了此生！
天外笛声犹有恨；　楼头幻影亦多情。
河阳金谷②空陈迹；孙秀石崇剩骂名。
今日绿珠如再起，　翻身涕泪任齐倾。

作者自注：吕集义先生访问绿珠故里，作七律一首，征余和诗，写此报之。
①绿珠：晋石崇爱妾，美而艳，善吹笛。孙秀求之，崇不许。孙秀矫诏收崇，绿珠坠楼自尽。
②河阳金谷：石崇累官荆州刺史，使客航海致富，置金谷别墅于河阳，与王恺、羊琇之徒以奢靡相尚。

秋波媚①

《黑天鹅》

一九六二年三月

离京抵穗

雍容②娴雅泛涟漪，红啄黑绒衣。几声密叫，两丛新苇，未解双飞③。　连天冰雪离乡土，何幸到京师？春风吹梦，湖波送暖，唯我先知！

作者自注：1962年春，题吴作人同志绘《黑天鹅》图。"密叫"是黑天鹅柔美的低叫声。
① 《秋波媚》：词牌名。
② 雍容：形容仪态大方，从容不迫。《史记·司马相如列传》："从车骑，雍容闲雅甚都。"
③ 未解双飞：天鹅是一种高大的水禽，体态优美，群栖息于湖泊沼泽地带。出生三、四年后性功能方趋成熟，而雌雄成对后就结成终生伴侣。中外诗歌中常以天鹅作为纯洁美好、忠贞不渝的爱情象征。

题《漓江春》画页

一九六二年四月

一见漓江不忍离,别来朝夕总相思。
青罗带绕千山梦;碧玉簪系万缕丝①。
愿约三生酬壮志;勤将四季作农时。
迢迢南北情何限?心逐春风到水湄。

作者自注:《中国青年报》拟刊出《漓江春》画页,喜题七律一首,以当补白。

①青罗带、碧玉簪句:作者自注:唐代韩愈描写桂林山水的诗写道:"江作青罗带,山如碧玉簪。"

雄 鹰

一九六二年五月

高岩独立对空蒙①,天地风云入望中②。
自有双肩生两翼, 翱翔万里任西东。

作者自注:题现代著名画家许麟如同志画。
①空蒙:蒙,晦也;空蒙亦作空濛,迷茫之状。杜甫诗:"空濛辨渔艇。"苏轼诗:"山色空濛雨亦奇。"
②望中:望,视远也。《诗经》:"瞻望弗及。"望中即远望的视线之中。

醉　花　阴①
毛主席文艺讲话二十年

一九六二年五月

二十年前开论战，艺苑风云变。讲话出延安，笔阵文旗，浩气冲霄汉。　工农大众千百万，建国宏猷远。白雪报阳春，下里巴人②，姹紫嫣红赞。

作者自注：毛主席在延安文艺座谈会上讲话二十周年纪念，漫书《醉花阴》一阕，藉表庆祝之忱。
① 《醉花阴》：词牌名。
② 白雪阳春，下里巴人：古代楚国歌曲名。宋玉《对楚王问》："客有歌于郢中者，其始曰《下里巴人》，国中属而和者数千人……其为《阳春白雪》，国中属而和者不过数十人。"后来用"阳春白雪"泛指高深的、不通俗的文艺作品；"下里巴人"泛指通俗的文艺作品。

浪淘沙
新英雄谱（九首）

一九六二年七月

赵一曼①

死节重昆仑，黑水沉冤，流干热血荐轩辕②；为党捐躯留浩气，地覆天翻。　革命慰忠魂，叱咤风云，白山苦战扫妖氛；一曼红旗歌慷慨，声震三军。

① 赵一曼：原名李坤泰，四川宜宾人。1926年加入中国共产党。1931年"九一八"事变后，在东北领导农民开展抗日游击战争，任东北抗日联军第三军第二团政治委员。1936年10月5日与日本侵略军作战中负伤被俘，不久英勇牺牲。
② 轩辕：黄帝名轩辕，传说中为汉族的祖先。这里用来指祖国、中华民族。鲁迅《自题小像》诗："我以我血荐轩辕。"

刘胡兰①

太岳②动笳声，文水奇英，一生伟大死光荣；保卫吕梁根据地，革命干城③。　含泪祭崇陵，二七芳龄，万人仰止④吊忠贞；今日胡兰亭畔路，鼓乐齐鸣。

① 刘胡兰：山西文水人。十四岁参加村中妇女工作，动员群众支援解放战争。1947年1月被突然袭击的反动派军队逮捕。她在敌人威逼下，英勇不屈，壮烈牺牲。时年十五岁。毛主席给她题词："生的伟大，死的光荣。"
② 太岳：古山名，即霍山。在山西霍县东南。
③ 干城：喻捍卫者。《诗·周南·兔罝》："纠纠武夫，公侯干城。"
④ 仰止：敬慕。《诗·小雅·车辖》："高山仰止。"

董 存 瑞①

战火炼英雄，家世贫穷，幼年立志便从戎；阶级斗争增智勇，屡建奇功。　隆化炮声隆，决战声中，挺身爆炸压敌锋，手托巨雷惊天地，烈士高风。

① 董存瑞：出生在河北省怀来县农民家庭，十六岁参军，多次建立战功。1948年5月25日在解放隆化的战斗中，手托炸药包炸毁敌人碉堡，英勇牺牲。

杨 根 思①

早岁丧爹娘，抛别家乡。弟兄惨死已身伤；苦难熬成心似铁，挥动刀枪。　爆破有专长，转战疆场。援朝抗美到前方；手持地雷冲敌阵，魂守山岗。

① 杨根思：江苏泰兴人。1944年参加新四军，曾荣获"战斗模范"、"爆破大王"、"人民英雄"的称号。1950年9月出席了全国战斗英雄代表会议。同年10月参加中国人民志愿军。11月29日，在朝鲜长津郡一次围歼敌人的战斗中他抱起炸药包冲入敌阵，与敌人同归于尽，壮烈牺牲。

罗 盛 教[1]

抗美到成川，泥栎河边，崔莹落水救生还；冰窟无情君竟逝，永别家山。　父老泣灵前，泪透心田，湘西新化好青年；模范团员罗盛教，浩气冲天。

[1] 罗盛教：湖南新化人。1950年参加中国人民志愿军赴朝作战。1952年1月2日，在驻地成川郡泥栎河边，为营救落入冰窟中的朝鲜少年崔莹，献出了年轻的生命。

杨 连 弟[1]

前线越开城，捍卫和平，人民铁道出奇兵；修筑桥梁终不断，保证通行。　抢险不休停，炸弹无情。清川江上怒涛声；痛悼英雄杨连弟，永志生平。

[1] 杨连弟：天津人。1949年2月参加中国人民解放军铁道兵部队，曾荣获"登高英雄"称号。1950年10月参加中国人民志愿军入朝作战，1952年5月15日在抢修清川大桥时牺牲。

黄 继 光[1]

小小牧牛童，父母为佣。川中解放喜工农；忽报白宫开战衅，义愤填胸。　浩荡趁东风，压倒西风。上甘岭上显英雄；抗美援朝酬壮志，尽孝尽忠。

[1] 黄继光：四川中江人。1951年参加中国人民志愿军。1952年10月20日

在朝鲜上甘岭战役中,他勇敢地以胸膛堵住敌人火力点正在扫射的机枪射孔,保证部队完成攻克高地的任务,自己壮烈牺牲。

向 秀 丽[1]

大祸刹时临,烈焰相侵,英雄扑火火燃金;生命安危何所计,赤胆忠心。 含笑不呻吟,气竭音沉,弥留爱党意弥深;秀丽风仪成典范,举国同钦。

[1]向秀丽:广州制药厂工人。1958年12月,该厂化工车间失火,她为抢救国家财产,保护工友的安全,奋不顾身扑住正在蔓延的火焰,因严重烧伤抢救无效,于次年1月15日光荣牺牲。

雷 锋[1]

血泪痛无穷,恨煞牧童。参军入党育英雄,二十二年生命史,气壮长虹。 忘我表高风,殉职全忠;平凡伟大一心红,儿女万千相继起,学习雷锋。

[1]雷锋:湖南长沙人,出身贫农家庭,童年为地主放牧。参军后,努力"把有限的生命,投入到无限的为人民服务中去。"1962年8月15日因公殉职。毛主席向全国人民号召:"向雷锋同志学习"。

卜算子①
赠成美、顾行

一九六二年七月

天上太阳红,水上歌声美。四海为家万里人,抱负冲霄志。 党有指南针,更有匡时计②。草地雪山都过了,哪怕风波起?

①《卜算子》:词牌名。又名《百尺楼》、《眉峰碧》。
②匡时计:指经济建设五年计划。

题史可法祠墓

一九六二年七月

烽火扬州创痛深，　千秋死节壮军心。
生刍①一束梅花岭，莫洒英雄泪满襟。

①生刍：本指新割的青草。《后汉书·徐穉传》："林宗（郭泰）有母忧，穉往吊之，置生刍一束于庐前而去。"后因称吊丧礼物为生刍。

云　　海

一九六二年七月

浩渺长空景色奇，　　浮云天际拥红旗。
海山十笏鹏程远，　　仙苑三春风信迟。
巫峡苍梧①浑一瞥，　　湘妃②神女展双眉。
高情应解人间旱，　　莫向郊原作雨稀。

①苍梧：郡名，西汉置，治所在广信（今广西梧州市）。
②湘妃：即湘夫人，楚国神话中湘君的夫人。屈原《楚辞·九歌》中有《湘君》、《湘夫人》篇，为祭二人之歌。

题《猎骑图》

一九六二年秋

壬寅秋日喜见傅雪斋①先生早年所临赵伯骕人物鞍马卷,精妙墨缘,爰题小诗一绝以志。

八尺龙文胆一身,沙场沥血不知春。
只今犹有良弓在,游猎归来几路尘。

①傅雪斋:现代著名书画家。

宴西园①
惠孝同、周元亮②画展

一九六二年八月

万里烟江叠嶂,祖国山川奇壮。踏遍水云乡,梦也香。 可喜孝同元亮,画到笔酣墨畅,百幅满风光,更情长。

①《宴西园》:词牌名。
②惠孝同、周元亮:现代画家。

赠傅抱石[1]同志

一九六二年

烟水苍茫万里遥,江山如此倍多娇[2]。
画师风格雄时辈,高举红旗艺苑飘。

[1] 傅抱石:现代著名画家、美术教育家。曾任江苏省国画院院长、中国美术家协会副会长。擅山水画,兼工人物。
[2] 人民大会堂有傅抱石和关山月合作大幅山水画《江山如此多娇》。

改陆游诗
题赠中国书店

一九六二年

岁月峥嵘鬓未疏,翻身不合卧蜗庐。
自嫌尚解人间事,得暇常来访异书。

附:陆游《读书》原诗

面骨峥嵘鬓欲疏,迟藏只合卧蜗庐。
自嫌尚有人间意,射雉归来夜读书。

题董邦达①画《秋草图》

画史几曾见董狐②， 敢将直笔写江湖。
丹青莫掩荒郊色， 想到贫时画也无。

①董邦达：清代画家。
②董狐：春秋时晋国史官。他据史实录，被誉为古之良史。

题李克瑜同志画两首

一九六二年九月

忆江南
《傣族扇舞》

红河畔,春色正阑珊。随手拈将轻羽扇,纤腰恰似柳含烟,独自舞翩翩。

忆秦娥①
《悠乐人鼓舞》

悠乐鼓,声声唤起英雄舞,英雄舞,掀衣攘臂,势如龙虎。 今宵好把良辰度,山家生计年年足,年年足,翻身解放,必由之路。

① 《忆秦娥》:词牌名。相传此调为李白所制,李白词中有"秦娥梦断秦楼月"句,故名。

题麟如画《河鱼出海图》

一九六二年九月

一跃龙门①去不停，风波万里入沧溟②。
久经浅底惊滩险， 何惧深渊起巨霆③？

①龙门：在陕西省韩城县与山西河津县之间。《艺文类聚·三秦记》："河津一名龙门，水险不通，大鱼积龙门数千不得上。上者为龙，不上者（鱼），故云曝鳃龙门。"李白《上韩荆州书》："一登龙门，声价十倍。"
②沧溟：大海。
③霆：霹雳。《尔雅·释天》："疾雷为霆霓。"

听琴记

一九六二年十月

西城秋色好，　来听梓桐鸣。
渐识琴中趣；　频劳弦上声①。
昔贤遗古调；　诸老寄高情。
欸乃余音远②，大河此日清。

①作者自注：《晋书·陶潜传》载："潜性不解音，而蓄素琴一张，弦徽不具。每朋酒之会，则抚而和之，曰：但识琴中趣，何劳弦上声！"
②《欸乃》曲见于清代光绪年间唐铭彝的《天闻阁琴谱》，有人说这个琴曲是宋代毛敏仲仿照古"樵歌"而作的，还有人说是唐代柳宗元所作。柳宗元有诗云："渔翁夜傍西岩宿，晓汲清湘燃楚竹；烟消日出不见人，欸乃一声山水绿。……"

题王麓台①

仿元人山水卷

一九六二年

麓台风格继前贤,画派相传数百年。
自有宋元衣钵在,娄江②冠冕信当然。

①王麓台:王原祁,字茂京,号麓台,清太仓人。善画山水,与其祖王时敏及王鉴、王翚并称四王。
②娄江:在江苏省吴县东,太湖支流,亦称下江。明清娄江附近的吴县、太仓一带出过不少画家。

献　岁

一九六三年春节

传闻天山有仙林，　银汉迢迢何处寻？
采得山桃迎新岁，　携来京国馈知音。
瑶池①金谷云根浅，公社阳坡沃土深。
果熟千年王母妄，　悟空证古不如今！

作者自注："1963年春，题吴作人《献岁》画稿，别录一纸。"按：1963年旧历为猴年，春节时，吴作人画灵猴献桃一幅以迎新岁。

① 瑶池：古代传说中昆仑山上西王母所居的地方。金谷：古地名，在今河南洛阳市东北。《水经·谷水注》："金谷水出太白原，东南流历金谷，谓金谷水。"晋石崇筑园于此，世称金谷园。云根：深山高远云起之处。杜甫《瞿塘两崖》诗："入天犹石色，穿水忽云根。"

题仇十洲①《溪山欣赏图》

一九六二年

十里溪桥隐士家,清樽明月话桑麻。
仇英真迹无俗韵,邀得衡山②锦上花。

①仇十洲:即仇英;号十洲。
②衡山:即文征明,号衡山。

牧 牛 图[①]

一九六二年

春到柳梢头,郊原雨乍收。
熏风吹绿野;媒鸟唱睢鸠[②]。
始信田园乐,未闻儿女愁。
同窗同放牧,问字写双牛。

---

①此为题画诗。
②睢鸠:指《诗经·关睢》句:"关关睢鸠,在河之洲,窈窕淑女,君子好逑。"

赠常书鸿①同志

一九六三年元旦

危岩千窟对流沙②，　　甘载辛劳万里家。
发蕴勾沉搜劫烬，　　常将心力护春华③。

①书鸿：浙江人，留学法国，工油画、素描。1943年去甘肃敦煌石窟千佛寺从事敦煌艺术研究。解放后，曾任敦煌艺术研究所所长。为发掘祖国文化遗产作出了重大贡献。作者在常书鸿到敦煌从事研究二十周年之际，向他赠送了这首诗。
②危岩句：指甘肃省敦煌石窟。
③春华：春天的花。曹植《赠王粲》诗："树木发春华，清池激长流。"这里喻敦煌艺术。

报　春

一九六三年春

剪取东风第一枝，　窗前清供报春时。
横斜纸上欣留影；　浩荡天涯且寄诗。
野趣凭君闲领略，　枯毫洒墨莫迟疑。
频闻腊鼓①催新岁，抖擞冲寒傲雪姿。

作者自注：题赵丹同志画。
①腊鼓：《荆楚岁时记》载："十二月八日（按：农历）为腊日。谚语腊鼓鸣，春草生。村人并系细腰鼓，作金刚力士逐疫。"

柳长春[①]
迎春曲

一九六三年一月

柳眼初醒,梅花乍弄[②],枝头冰雪寒犹重。西窗夜半听鸡鸣,催人晓色消昏梦! 天地知情,山川欲动,东风快把残冬送。高吟一曲柳长春,满怀诗思如潮涌。

①《柳长春》:词牌名。
②弄:奏乐曰弄,如吹箫曰弄箫。

雁荡大龙湫图①

一九六三年一月

万里江山话壮游，　相逢新岁写龙湫。
掀衣挺笔风云疾，　泼墨纵情星汉②流。
雪个清湘③如旧侣，　弘仁程邃④亦前俦。
影坛今日多豪俊，　艺术须争最上游。

作者自注：题赵丹同志画《雁荡大龙湫图》。

①雁荡：即雁荡山，在浙江省东南部。旧传山顶有荡，秋雁归时都宿此，故名。著名胜迹有灵峰、灵岩、大龙湫（瀑布）、雁湖等，为游览胜地。
②星汉：即银河。曹丕诗："明月皎皎照我床，星汉西流夜未央。"
③雪个：清初大画家、僧人。本姓朱，名耷，明宁王后裔，明亡后出家为僧。别号甚多，有雪个、驴汉、八大山人等。清湘：清僧人，姓朱，名若极，后更名原济、元济、字石涛，号大涤子、清湘老人、清湘遗人、零丁老人等。善山水及花果兰竹，兼工人物。
④弘仁：清僧人，号渐江。俗姓江，名韬，安溪歙县人。人称梅花古衲。程邃：清画家，自穆倩，安徽歙县人。甲申年阮大铖、马士英大兴党狱，程邃只身匿迹获免。山水纯用渴笔焦墨，诗文、书法绝不蹈袭；治印精研汉法。

赠赵丹同志二十韵

一九六三年二月

一九六三年元旦，喜见赵丹同志即兴挥毫，为余作雁荡纪游图，爰书二十韵以志感，并以为谢。

赵丹自昔多才艺，侠骨豪情志不移。银灯①照耀三十载，声誉飞扬中外知。抗战救亡历艰苦，解放翻身始展眉。频年足迹满天下，探险寻幽取景奇；山川形胜开怀抱，乘兴挥毫学画师。万壑千岩成顷刻，云烟浩渺竟无涯。尝闻早岁攻绘事，已擅生花笔一枝。我爱阿丹画，时时惹梦思。今逢元旦欣相见，把手欢谈不觉迟，猛忆浙游过雁荡，峰峦突兀胜九嶷。愿得壁间一幅山水图，使我梦游其中坐卧复吟诗。阿丹闻我语，慷慨不推辞，遂就案头纸，走笔若龙蛇。中锋悬腕力透纸背有如疾风与骤雨，气势磅礴墨淋漓！刹时龙湫飞瀑来天际，看图更比登临危；恍惚纵身攀绝壁，奋翅盘旋上高崖；又如腾空逐飞鸟，白云深处相追随。我见阿丹用笔、用墨、忽徐、忽疾、或浓、或淡，变化复杂而迅速，益感艺术创作非有过人精力全神贯注不能为！古今画法数十种，终以造化为之师。石涛、雪个、渐江、石溪②俱往矣，未来画苑奇峰突起应可期！

①银灯：即水银灯下，指拍摄电影。
②石溪：清僧人，字石谿，一字介丘，俗姓刘，湖南武陵（今常德）人。居江宁（今南京）。与石涛并称"二石"。

记美协联欢会①

一九六三年二月

癸卯元宵参加美协联欢会戏作此图。

山水苍茫入画图， 上元②雅集喜相呼。
携来片楮③君莫笑，我亦京华一艺徒。

①此诗系作者题他自己所作《记美协联欢会图》。
②上元：农历正月十五日为上元节，也称元宵节。
③楮：（音chǔ），纸；楮树皮是造纸的原料，故称。董越赋："有楮墨以供唱酬。"

福建工艺展览题诗①

一九六三年二月

榕城②奇巧早扬名， 木画石雕漆写生。
艺术繁荣新世纪， 一丝一缕慰乡情。

①1963年2月福建工艺美术展览在京展出。这是作者参观后的题诗。
②榕城：即福州。

赠 颜 地①

一九六三年春

江山处处引豪情，笔墨风云万里新。
创作生涯忘冷暖，长为画苑自由人。

①颜地：北京国画院画家，山东荣城县人。抗日战争年代从事文化宣传工作。解放后，攻山水画。画风质朴苍润，善以酣笔重墨寄抒深情。

满 江 红①
慰问国防前线指战员②

一九六三年四月

天下滔滔③,问谁是英雄儿女?流热血,保家卫国,能文能武!南海滩头渔火静;东山④岛上红旗竖。把前方阵地变钢城,金汤固! 荒寒区,山高处;密林谷,蛇行路。为和平而战,虎狼何惧?喀喇昆仑摇不动;喜玛拉雅飞难渡。振军威永远守边疆,闻鸡舞!

① 《满江红》:词牌名。宋人填者最多,相传为岳飞所作的"怒发冲冠"一首最为有名。
② 此诗为慰问从中印边界自卫反击战归来的指战员们而作。
③ 滔滔:本指水势盛大,这里喻动荡不安。
④ 东山:县名,在福建南部海上,由东山岛及附近岛屿组成。

题影片《在激流中》

一九六三年五月

祝《在激流中》获得《大众电影》第二届百花奖之纪录短片荣誉奖。

激流礁石起狂澜，飞筏龙腾下险滩。
高壑密林休阻挡，雄心绝艺不知难。

作者自注：1963年5月，喜见以闽江上游木筏运输之惊险场面为题材之新闻纪录短片《在激流中》获奖。爱书小诗一绝，录拟黎丁同志清赏（黎丁，福建人，新闻工作者——编者）。

题赠高甲戏①团

一九六三年六月

二百年前唱宋江,闽南村社梨园腔。
泉州处处传高甲,水浒家家话晚窗。
莫怪舞台常有丑;从知技艺本无双。
远来京国殷勤意,相祝何须倒一缸。

①高甲戏:也叫戈甲戏,戏曲剧种,主要流行于福建闽南方言地区和台湾省,东南亚华侨居住地区有时也有演出。

赠高甲戏团董义秀①同志

一九六三年六月

海外三十载,乡邦十五年。
艺高心不老,一往应无前。
誉满东南亚,人间五十春。
喜看流派立,后继有新人。

①董义秀:高甲戏团著名演员。

满江红
寄青年朋友

一九六三年六月

中国青年,今朝把红旗高举。为革命,激昂壮志,降龙伏虎!前辈已忘生与死;后人哪怕风和雨。任天崩地陷水横流,无他顾! 雷锋好,奇称许;八连式,须争取。要安家成业,勤劳刻苦。练就一身文武艺;长驱万里红专路。看城乡到处是英雄,新儿女!

题《漠上图》

一九六三年

玉门关外古战场,瀚海风沙道路长。残峰废垒余陈迹,千里荒原塞草黄。一从己丑①欣解放,漠上顿成幸福乡。政府投资几百亿,发展农牧又工商。碛地运输何所赖,端赖鸣驼任重代携囊。双峰高耸多负重,货物如山斗车量。曲颈微伸八九尺,铜铃在项响叮当。通体紫毛好容色,轩然大步列成行。奔走砂岗与浅水,身随起伏而低昂。大漠流沙如沧海,无边波浪对茫茫。自昔沙陀②苦征战,调兵遣将动四方。金戈铁甲悬绝地,五更鼓角声悲凉。东驰西骋突围去,凌霜踏雪冒刀枪。或逢炎天鼻出火,缺粮连日断壶浆③;或遇绵绵久阴雨,周身湿热窠生疮。陇西明驼④今有幸,天苑银河任徜徉。敦煌西域三十站,毡帐新开饲养房。朝行暮宿不觉苦,朝朝暮暮历康庄。屈脚漏明⑤驼本性,立地便知水潜藏。更以长鸣报风候,埋口沙中自提防。识途多智如老马,老马安能比顽强。艰难服役无少懈,橐驼从古受称扬。穆传牻牛本草封牛⑥皆美号,足见此牛品质优异不寻常。窃谓古人命名有所据,改名驼牛亦何妨。我赞驼牛德,念念不能忘。

特向作人同志求此画,留之秘笈时相望。作人虽抱病,笔墨倍生光。立意造型与结构,贯通国画融西洋。继承传统兼新创,线条渲染柔中刚。尤爱画漠上,景色莽苍苍。归来每展卷,喜极辄若狂。爰写俚词卅三韵,聊表区区一片热心肠。

作者自注:癸卯年新春喜得吴作人同志病中所作《漠上图》,一再展玩,不忍释手。率尔书此卅三韵于卷末。

①乙丑:即公元1949年。
②沙陀:古部落名。西突厥别部。
③壶浆:酒浆。这里指饮料。
④明驼:善走的骆驼。
⑤屈脚漏明:据说明驼卧地时,腹不贴地,屈足漏明,可行千里。
⑥穆传:即《穆天子传》,书名。旧题晋郭璞注,共六卷。前五卷记周穆王驾八骏西游故事。牻牛:古代传说中的一种牛。据《穆天子传》中记载,这种牛能行流沙中如橐驼。封牛:一种高背的大牛,亦名"峰牛",状如骆驼。日行三百余里,知水泉所在。

题雪斋摹《煮茶图》

一九六三年

铁笔银钩妙画纱,缣绡一角玉川①家。
败炉老妪勤添火,侧耳高人②候品茶。
想见临轩摹古迹,也尝汲水试新芽。
物精奚必求多量,七碗吃来便过奢。

作者自注:雪斋同志早岁临摹宋代刘松年《煮茶图》并仿录明代唐寅题跋,均甚精妙。晴窗展玩,味同品茗,过此不必多求矣。

① 缣绡:丝织品,常供书画用。玉川:卢仝,唐济源县人,号玉川子,博览工诗。好饮茶,济源东有玉川井,又名玉泉,仝尝汲泉煮茶,以此自号。此处以"玉川家"代指煮茶人家。
② 高人:为高尚不仕者之称。骆宾王诗:"高人倘有访,兴尽讵须还。"

"苏画庐①" 随笔

一九六三年秋

一九六三年秋遇光灿同志于苏画庐,爱题小诗一首以归之。

不学倪迂②与米颠,独师造化出天然。
创新一格风云壮, 万水千山到眼前。

① "苏画庐":作者喜得苏东坡《潇湘竹石图》,故将自己的书斋命名为"苏画庐"。
② 倪迂:即倪瓒,元代画家,无锡人,号云林,善画山水,性迂僻,人称倪迂。米颠:即米芾,北宋书画家,山西太原人,因举止颠狂,人称米颠。

赠杨述①同志

一九六三年

当年风雨读书声，　　血火文章意不平。
生欲济人应碌碌②，　　心为革命自明明③。
艰辛化作他山石④，　　赴蹈⑤从知壮士情。
岁月有穷愿无尽，　　四时检点听鸡鸣。

①杨述：曾参加1935年"一二九"学生救亡运动。党的宣传工作者、青年工作者和新闻工作者。解放后，曾任中共北京市委宣传部长，和邓拓同事。
②碌碌：形容辛苦、繁忙。贾岛《古意》诗："碌碌复碌碌，百年双转毂。"
③明明：明亮。曹操《短歌行》："明明如月，何时可掇？"
④他山石：《诗·小雅·鹤鸣》："它山之石，可以攻玉。"
⑤赴蹈：赴汤蹈火。

赠亚明①

一九六三年

营邱雪影鹤林图②，　竹石潇湘③拜老苏。
尔我艺徒同欣赏，　　好凭创作不为奴。

作者自注：癸卯之春畅叙于北京，即拟亚明同志留念。

①亚明：1924年生于安徽合肥，曾任江苏国画院院长。著名的金陵画派画家，以山水画见长。

②③营邱雪影鹤林图、苏东坡潇湘竹石图均为邓拓藏画，时邀亚明共赏。

读八大山人画后

一九六三年

泪花墨沉写残山,哭笑皆非①佛道间。
今昔沧桑相较量,青云②谱内列高班。

①哭笑皆非:草书"八大"二字,似哭似笑,谓哭笑不得也。佛道间:朱耷明亡后先出家为僧,后又还俗作道士。
②青云:比喻清高。《三国志·魏志·荀彧等传评》裴松之注:"张子房青云之士,诚非陈平之伦。"

题　画

一九六三年

琴心如水逐飞云，万籁无声对夕曛①。
静坐秋林弹一曲，满前枫叶落纷纷。

①曛：落日的余光。孙逖《下京口埭夜行》诗："孤帆度绿氛，寒浦落红曛。"

海南风光①

一九六四年

无多笔墨妙传神,海峤②风光次第新。
一路遮阳如伞舞,千家趁集喜迎春。
久经革命波涛险,不负英雄儿女身。
万里云天游客梦,何辞长作岭南人。

① 题现代著名画家邵宇画。
② 海峤:山锐而高者曰峤,海峤指海中小岛。

赠学友傅衣凌

一九六四年

三十年前赋远游,八闽山水少勾留。
只今解放新时代,回首乡园喜有秋。

内 蒙 吟 草 (十九首)

一九六四年二月因事抵内蒙古呼和浩特小住，偶成诗句若干首，多即口占之作，自觉不工。《草原文艺》月刊录得全稿，欲为发表，热情可感。因略加修改，稍有增删，定名为《内蒙吟草》。途中笔墨欠佳，书写殊难称意，留此雪泥爪耳。

青 城 巡 礼

千载茫茫敕勒川①，风云已换旧时天。
阴山②百战消烽火，黑水双流③近市廛。
蒙汉一家情谊重，　工农万代口碑传。
人民事业垂青史，　革命翻身第一篇。

作者自注：青城，即呼和浩特。蒙语"呼和"意即青色，"浩特"意即城堡。
①敕勒川：乐府有北朝民歌《敕勒歌》："敕勒川，阴山下，天似穹庐，笼盖四野。天苍苍，野茫茫，风吹草低见牛羊。"
②阴山：在内蒙古自治区中部。东西走向，西起狼山、乌拉山，中为大青山，南为凉城山，东为大马群山，长约一千二百公里。
③黑水双流：黑水即黑河，又名金河，蒙语名伊克土尔根河。有二源，一出官山，一出海拉苏台。

归塞北十二阕

阿哈笃①,蒙汉永相亲。团结盟旗千万众,工、商、农、牧日更新;祖国助翻身。

编者按:作者在内蒙时,曾与许多蒙族青年朋友聚会,即席以每人名字为首句各写一阕词。
①作者自注:阿哈笃,蒙语,意即同胞兄弟。

阴山下,塞外古战场。今日东西南北路,乌兰牧骑①广宣扬;事业正辉煌。

①作者自注:乌兰牧骑,蒙语,流行于内蒙牧区之小型文艺工作队。

相逢喜,往事亦当年。万千英雄趋敌后,边疆十载冒烽烟;一往便无前。

青城会,朋辈半青年。高举文旗驰边塞,未来重任在双肩;革命祖鞭先。

怀往事,恍惚在眼前。革命热情春不老,好将血火写雄篇;壮志欲冲天。

茫茫路,奔走小牧童。千里草原飞骏马,洪炉练就一心红;努力写英雄。

星光耀，远望是家乡。戈壁遥遥千里路，沿途相伴柳槐香；诗思白云长。

高潮起，大地歌声扬。赞颂新人新世纪，诗心浩荡咏边疆；莫负好风光。

中西画，信手便拈来。描绘内蒙新面貌，青城到处有高才；艺苑百花开。

阳光照，大地试新衣。展翅金鹰关不住，巴音河上彩云飞；牧野盼春归。

红柱子，挺立黑河边。一望无垠天海阔，草原此日有新篇；创作着先鞭。

长弓在，奋起上文场。革命斗争无反顾，忠心矢志保家乡；艺葩发奇光。

塞外弦歌七绝

其 一

银铃铁板曳繁丝，　响遏行云绕水湄。
似听平沙落雁①曲，歌声扶梦到天涯。

①平沙落雁：琴曲名，最早见《古琴正宗》，内容描写沙滩上群雁起落飞鸣、回翔呼应的情景。

其 二

二胡弦上无穷意，诉苦翻心百感生。
金缕铜琶调古瑟，一弦一柱一番情。

其 三

雄浑苍劲马头琴①，激励斗争必胜心。
昔日凄清俱已矣， 英豪儿女莫沾襟。

①马头琴：蒙古民间拉弦乐器。

其 四

曼声①如诉韵悠悠，送我草原万里游。
唱到绕梁②三匝处，白云敛影水西流。

①曼：长。《列子·汤问》："娥（韩娥）还复为曼声长歌。"
②绕梁：即余音绕梁。《列子·汤问》："昔韩娥东之齐，匮粮，过雍门，鬻歌假食，既去，而余音绕梁欐三日不绝。"后世用来形容优美的歌声给人留下深刻的印象。

其 五

大青山下听笛声，碎玉裂冰远客惊。
恍觉飞身过大漠，风沙卷地忽闻莺。

昭君无怨①

初中汉宫待命,便报单于②纳聘。不负女儿身,远和亲。 塞外月圆花好,千里绿洲芳草。巾帼有英才,怨何来?

作者自注:余考词谱有《昭君怨》,流传已久,今按谢觉哉同志提倡反其意曰:"昭君无怨",而音韵声律仍依古调,惟更换词牌耳。(编者按:谢觉哉同志倡议一事,指1962年,谢老视察内蒙古归来,对两千年前王昭君故事作了辩证,认为昭君是自请去和亲的,不应该把和亲写得如此凄凄惨惨,并建议作者写篇文章谈谈这个问题。作者在《燕山夜话》专栏中写了《昭君无怨》一文。)

① 王昭君:名嫱,字昭君。西汉南郡秭归(今湖北)人,元帝时被选入宫,竟宁元年匈奴呼邪单于入朝和亲,奉旨嫁匈奴。
② 单于:匈奴最高首领的称号。

附:谢觉哉《题昭君墓》

一九六二年

昭君自请去和番,俺答皈依志轶伦。
万里长城杨柳绿,织成蒙汉一家春。

谢老自注:1962年5月游呼和浩特,读王昭君墓上碑文,又在席力国召听谈俺答轶事,有作,书以质正于邓拓同志。

内蒙七律（四首）

一九六四年五月

边疆话旧[①]

当年北岳起烽烟，血洒林峦夕照边。
午夜蹄声惊短梦；山村灯火照无眠。
马兰路上青春影；鹞子河边战斗连。
廿载艰辛回首处，东风卷地换新天。

[①]《边疆话旧》诗最初是给晋察冀日报老战友周明、方炎军同志写的，后来许多老同志都喜欢此诗，作者给一些同志再录时句子有些改动，分录如下（未动处未录）：
一稿：首联：昭昭往史未成烟，寄意游仙大雅篇。
另稿：首联：当年北岳起烽烟，卷地风云万里天。
　　　末联：今日京华重话旧，新人新事写新篇。

过旧战场

阴山铁骑学生军[①]，血战边城挫敌氛。
莫道缺衣还缺食；自求能武亦能文。
青峰埋骨碑犹在；故友问名道不闻。
今日相逢欣握手，向天含笑立斜曛。

①学生军：抗日战争爆发后，太原市成成中学师生，在党的领导下组成师生游击队。太原沦陷后，由李井泉同志带到大青山，编为游击第四支队。这支队伍作战勇敢，但是缺少军事训练，战争中伤亡很多。最近知道，几百人中幸存者只二十余人。

包头旅次

钢花铁水铸新城①，大漠醒时大厦成。
杨柳丛生添野趣；沧桑巨变畅心情。
人工更比天工巧；西市相沿东市名。
亘古流沙今可治，黄河指日看澄清。

①钢花句：指包头钢铁厂。

文艺新刊

重开艺苑立文坛，小别三年相见欢。
战马歌声催鼓角；白云诗句起衰残。
已消鹿野千层雪；不见钢城一字难。
创造热情天地阔，新人新事满新刊。

书赠铁山党委

一九六四年

畴昔敖包①纵，相传是宝山。
白云浮富气，　金马奏刀环。
此地高楼起，　安居大漠间。
十年新建设，　无意话辛艰。

作者自注：1964年春日过包钢白云鄂博铁山，书此以赠铁山党委会留念。

①敖包：亦作"鄂博"，蒙古语，"堆子"的意思。以石块堆积而成，原是道路和境界的标志，后来成了祭祀山神、路神等活动的地方。

百灵庙①观光

一九六四年

千里草原白云天,满眼风光大漠边。
蒙汉一家情谊重,百灵庙畔好流连。

①百灵庙:在内蒙古自治区乌兰察布盟阴山北麓。内蒙古自治区阴山以北的交通和商业中心。

书赠文都素同志

一九六四年二月

其 一

造型艺术妙无师,手到神传倍足奇。
若问此中何秘诀?学成端赖苦坚持。

作者自注:文都素(文浩)同志系内蒙雕塑家。又注:甲辰春夜漫笔。

其 二

青城此日看三印,塞外新春无限情。
文李高怀传片楮,今宵灯下话生平。

归塞北
留赠青山宾馆

一九六四年

阴山畔,宾馆立新城。万里云天招远客,几多战友话深情,诗思如潮生。

赠于立群①同志

——于北戴河

一九六四年八月

风动娥眉左券②操， 更将翰墨耀朋曹。
门临沧海诗心壮， 目极云天峰浪高。
几叶渔舟堪入画， 一林蝉唱伴吟骚。
往来多少幽燕客， 不敌立群意气豪。

①于立群：女诗人，书法家，郭沫若夫人。
②左券：古代契约分成左右两联，双方各执其一，左券即左联，常用为索偿的凭证。亦用来比喻充分的把握。陆游《禽言》诗："人生为农最可愿，得饱正如持左券。"操左券，是说有把握。

附：郭沫若和诗

喜临秦汉学觚操，拂素敢夸著作曹。
主席诗词卅七首，新天日月九重高。
俯视唐宗怜宋祖，好看周颂隶兼骚。
一联一律钦趋步，大海屠鲸对子豪。

郭沫若自注：1964年8月23日，邓拓同志在北戴河拟成一联一律，贻赠立群。联语已由立群书出回报。今就原诗韵奉和代为作答，跋于联后以博一粲。

一九六五年二月廿二日

编者：邓拓拟联语为："乘风破浪，冒雪报春。"

齐 天 乐①
国庆十五周年

一九六四年十月

中华有史三千载，人民把江山改。革命长征，翻身古国，写出崭新时代。谁为主宰？教亿万工农，同仇敌忾；胜利狂歌，勿忘阶级斗争在。　而今纵观世界，喜乐风骀荡②，怒涛澎湃。铁臂相连，苍龙可缚，哪怕妖魔鬼怪？登天入海，看倒转乾坤，孰分成败？解放高潮，正方兴未艾！

---

① 《齐天乐》：词牌名。又名《五福降中天》、《如此江山》等。
② 骀荡：骀（音dài）。骀荡，同"澹荡"。令人舒畅，多用来形容春天的景物，如春风骀荡。

题 扇[①]

一九六四年

茫茫山海云深处,郁郁松峰夕照红。
望断飞鸿天外影,花魂诗思伴西东。

[①]题扇:周怀民画松山云海图纨扇赠丁一岚,邓拓在扇背题此诗,并写"一岚清玩",署名"云特"。

题刘旦宅①《红楼梦人物》画

一九六四年

梦断红楼二百年,流干血泪剩残篇。
今看旦宅生花笔,点染丹青艺苑传。

①刘旦宅:现代画家。

点绛唇①
红楼梦图咏（四首）

一九六四年

黛玉葬花

一阵狂风，落花满地无人理；世情如纸，几个真知己！　手把银锄，泪滴相思地。休提起，这般心事，只有凄凉死。

① 《点绛唇》：词牌名。首见于五代冯延己的《阳春集》，取江淹的诗句"明珠点绛唇"而得名。

妙玉逃禅

佛本凡人，木鱼清磬①情丝绾②。绮窗尘软，公子王孙伴。　似水华年，最是缘难断。朝来倦，梦惊心乱，恰听低声唤。

① 磬：乐器，今僧徒所用的乐器。以铜为钵盂，击以发声者，亦称磬。
② 绾：（音wǎn），钩系，牵连不断。

三姐伏剑

侠骨柔肠,订盟一把青霜剑。此心悬念,山海风波险。 好梦难圆,蓦地①遭抛闪。红妆艳,刹时香敛。万缕情丝斩。

①蓦地:犹言忽然、突然。《贵耳集》:"一团茅草乱蓬蓬,蓦地燉天蓦地空。"

晴雯摔箱

出水芙蓉,污泥不染偏遭妒。流言蜚语,自问心何惧? 今日搜查,索性翻箱去。荣宁府,贫寒孤女,那有安身处?

题 画 诗[①]

一九六四年

牡 丹

愧怍洛阳富贵花,且留春色绘年华。
斟来一撮胭脂水,漫向西山写晚霞。

[①] 其中兰、梅、菊、竹四首是给青年画家刘福林的题画诗。刘读中学时就是作者《燕山夜话》的热心读者,在《夜话》的启示下刻苦学画。1964年8月,他把自己作的兰梅竹菊四幅画送请作者指教,作者热情接待了他,并为他的画分别题了诗。

兰 花

天涯何必订同心,一卷离骚到处吟。
行看江南春草绿,莫愁空谷少知音[①]。

[①] 空谷知音句:《诗·小雅·白驹》:"皎皎白驹,在彼空谷。"疏:"贤者隐居,必当潜处山谷。"《庄子·徐无鬼》:"夫逃虚空者,闻人足音跫然而喜矣。"后人以空谷足音比喻难得而可贵也。

梅　花

剪取东风第一枝，半帘疏影坐题诗。
不须脂粉添颜色，笑看苍蝇冻死时①。

①笑看苍蝇句：毛泽东《冬云》诗有："梅花欢喜漫天雪，冻死苍蝇未足奇"句。

菊　花

小楼昨夜送西风，今日霜华似尚浓。
喜见丹青为点染，此中清兴有谁同。

竹

阶前老老苍苍竹，却喜长年衍①万竿，
最是虚心留劲节，久经风雨不知寒。

①衍：蔓延，扩展。

紫　藤

苍藤老树耸青空，铁骨盘根俯仰雄。
好待万花开烂漫，紫樱翠袖舞东风。

荷　花

泼墨荷塘出，清风水上来。
污泥终不染，待到百花开。

芭　蕉

钓鱼台畔水，终古只朝东。
一夜芭蕉雨，滔滔天地中。

村　女①

林外炊烟三五家，　日斜天半散朱霞。
盈盈十五蓬门②女，独倚西风数落花。

①此为题画诗。
②蓬门：用草、树枝等做成的门，形容穷苦人家所住的简陋的房屋，如蓬门荜户。

赠 曲 波①

一九六四年

革命传奇慷慨多,英雄笑袭虎狼窝。
艺文开继推齐鲁,林海雪原忆曲波。

①曲波:现代作家,著有长篇小说《林海雪原》。

题画一首

一九六四年

大野薄①寒天， 遥山动晚烟。
轻鸿飞远塞， 云水自相连。

①薄：(音bó)，迫近，如日薄西山。

改刘长卿①赠崔九诗

一九六四年

春风一度一高歌,岁月其能奈我何?
陌上欣看芳草绿,青云②有路故人多。

①刘长卿:唐诗人,河间(今属河北)人,开元进士,两遭贬谪,官终随州刺史。诗多写政治失落之感,也有反映离乱之作。
②青云:指高空;比喻高官显爵。《史记·范雎蔡泽列传》:"须贾顿首言死罪,曰:'贾不意君能自致于青云之上。'"后人称登科者曰平步青云。

附:刘长卿赠崔九原诗

怜君一见一悲歌, 岁岁无如老去何?
白屋①渐看秋草没,青云莫道故人多。

①白屋:用茅草覆盖之屋。旧也指没有做官的读书人的住屋。刘孝威《行还值雨》:"况余白屋士,自依卑路旁。"

蓟县①观音阁

一九六四年

开元②往事杳如烟,遗墨千秋见醉仙③。
鼙鼓渔阳倾国恨④,独留佛阁柳墙边。

①蓟县:县名,在天津市北部、蓟运河上游,秦置无终县,隋改渔阳县,明入蓟州。1913年改蓟县,有盘山、独乐寺等名胜古迹。独乐寺有观音阁。
②开元:唐玄宗年号。
③遗墨句:独乐寺观音阁有李白书写的匾额"观音之阁"。
④鼙鼓渔阳句:相传安禄山起兵叛唐,曾在观音阁誓师。

赠李英儒①

一九六四年

清苑城边雪霁时,冬残春晓看杨枝。
当年抗战光荣史,地下斗争血泪诗②。

①李英儒:现代作家。
②地下斗争句:李英儒有长篇小说《野火春风斗古城》,写抗日战争时期城市地下斗争生活。

为现代京剧
《芦荡火种》①题诗

一九六四年

阿庆嫂

阳澄湖畔春来馆，　地下斗争一战场。
壶里乾坤江海阔②；　杯中弓影③虬蛇长。
屡施奇计知肝胆；　直捣贼巢灭虎狼。
起看波涛天际起，　燎原烽火正辉煌。

① 《芦荡火种》：为当时北京京剧院演出的现代京剧。初名《地下联络员》。
② 壶里句：旧时茶馆、酒店常有"壶里乾坤大，杯中日月长"之类的对联。
③ 杯中弓影：典出杯弓蛇影。《晋书·乐广传》："尝有亲客，久阔不复来，广问其故，答曰：'前在坐，蒙赐酒，方欲饮，见杯中有蛇，意甚恶之，既饮而疾。'于时河南厅事壁上有角弓，漆画作蛇，广意杯中蛇即角影也，复置酒于前处，谓客曰：'酒中复有所见不？'答曰'所见如初。'广乃告其所以，客豁然意解，沉疴顿愈。"后用来比喻由疑惑而引起恐惧。

郭 指 导 员

水荡芦丛暂寄身,风云变幻沙家浜。
不闻战友艰难语,倍觉伤员骨肉亲。
新笋三餐忘痛楚,青松一曲振精神。
突围巧袭凭忠勇,再展红旗大地春。

书奉郭老①

一九六五年初春

科学攀登北斗边，　宣扬马列史家先②。
不矜风月三千首，　犹有文章二百年③。
视草当今称翰长④，　献诗举国诵和篇⑤。
缅怀世界无穷事，　笔底波澜接海天。

①郭老：郭沫若，中国现代杰出的作家、诗人、历史学家、剧作家、考古学家、古代文字学家、著名的社会活动家。
②史家先句：郭老1928年旅居日本，从事中国古代史和甲骨文、金文研究，所著《中国古代社会研究》，为运用马克思主义观点研究中国古代社会的划时期著作。
③不矜、犹有句：言诗文之多。
④草：指书法。翰：翰墨场。
⑤诵和篇句：指郭老同毛主席唱和的诗词。

步郭老韵赠于立群同志

一九六五年春

一九六五年三月，读郭老题赠郭夫人诗一首，因步原韵，以博一粲，并以就正于女书法家于立群同志。

生来妙手好临池①，　况读春秋佐幼孜。
此日京华珍拱璧②，　他时燕赵树新碑。
几番戏笔成奇笔，　泰半须眉愧敛眉。
远矣茂漪③真迹杳，　闻贤何处可思齐④。

① 临池：晋卫恒《四体书势》：东汉张芝学书甚勤，"凡家中衣帛，必书而练之；临池学书，池水尽墨。"后人称学习书法为"临池"。
② 拱璧：大璧，《左传·襄公二十八年》："与我其拱璧。"孔颖达疏："拱，谓合两手也，此璧双手拱抱之，故为大璧。"后以此比喻极珍贵之物。
③ 茂漪：即卫夫人，东晋女书法家，姓卫，名铄，字茂漪。工书法，师钟繇，王羲之少时，曾从她学书。
④ 闻贤思齐句：语出《论语》。

题黄胄《赛马》卷

一九六五年

一代天骄属少年,青春幸福创新天。
沙场跃马飞鸿影,关塞鸣笳满路烟。
千里长驱无反顾,几回断后着先鞭。
英雄儿女边疆去,倒转乾坤试铁肩。

记　　梦

用毛主席《答友人》七律原韵

一九六五年

五更风雨梦如飞，烟水苍茫夜色微。
话到海山无滴泪，写来笔墨不沾衣。
高情消尽千秋怨，碧血凝成万古诗。
默向长天寻新路，霞光芳雾映春晖。

附：毛泽东《答友人》七律

九嶷山上白云飞，帝子乘风下翠微。
斑竹一枝千滴泪，红霞万朵百重衣。
洞庭波涌连天雪，长岛人歌动地诗。
我欲因之梦寥廓，芙蓉国里尽朝晖。

后　记

我一首一首地注释了邓拓留下来的诗词，心情始终不能平静。

清新秀丽的诗句，使注释工作成为一种享受。从诗词中，我感受到人类最崇高、最美好的情感：对真理的渴求，对祖国的热爱，对人民的忠诚，对大自然的赞美，坚贞不渝的爱情和真挚纯洁的友情……。但是，一想起我们的诗人——这些诗词的作者的命运，我的心不禁颤栗。他是被逼死的，是在林彪、江青、康生一伙制造的文字狱中，带着无法倾诉的屈辱和悲愤离开人世的。他留给亲人的最后一句话是："我是怨沉大海啊！"

在这场史无前例的浩劫中，我也曾忝列为"三家村黑帮"。只因为我的丈夫顾行当时是北京晚报的副主编，在他主持的版面上刊登了邓拓的诗词和专栏杂文《燕山夜话》，这就株连到我，我们成了"一根藤上的两个黑瓜"。我们被诽谤、被污蔑、被凌辱、被嘲弄、被作践、被"斗倒斗臭"，心灵同样蒙受了难言的屈辱和巨大的痛苦，这使得我们更加深切地理解和同情邓拓。

浩劫过去，恢复了自由，顾行和我回到了各自的工作岗位。这时，一个愿望产生了，我们决心为邓拓写部传记。这个愿望是这样强烈，促使我们用了几乎整整十年的业余时间来进一步了解邓拓、研究邓拓。我们沿着邓拓一生的足迹，进行寻踪采访，遍访了他的亲属、同学和战友；我们认真阅读了所能找到的他的全部著作以及相关资料。在这个过程中，我们深深感受到邓拓的命运和我们党、我们国家、我们整个民族的命运是那样紧密地联系在一起。他的一生，反映了一个时代。他的遭遇，绝不是个人的悲剧，它包含着沉重的历史教训。正是在这种认识的基础上，我和顾行合作完成了《邓拓传》。

邓拓不仅是当代卓越的报人、历史学家和杂文家，而且是杰出的诗人。他的经历和教养造就了他特殊的气质。他具有史学家的明鉴和深沉，又具有诗人的热情和奔放；他具有党的领导干部的政治洞察力，又具有报纸编辑的无微不至的细心和一丝不苟的严谨；他具有博大精深的中华传统文化的功底，又具有多方面的现代科学知识。他的文章和诗词都很具个人的特色。1961年，《燕山夜话》在北京晚报刊登不久，著名作家老舍还不知道署名马南邨的作者就是邓拓，但他看出作者不是一般人。他说："这是大手笔写小文章，别开生面，独具一格。"邓拓的诗词，也为许多文化届的前辈称道。听顾行说，1958年北京晚报创刊前夕，著名学者、教授张奚若、叶圣陶和郑振铎曾建议晚报适当刊登旧体诗词。他们认为，要求一般人学写旧体诗是不可取的，因为太难；但是，旧体诗是中华文化的瑰宝，应当让大家懂得怎样欣赏；这对于弘扬中华文化，提高民族素质大有益处。当谈到有造诣的旧体诗词作者时，他们一致认为，除毛主席外，现代诗人当中首推田汉和邓拓。邓拓最早刊登在北京晚报上的作品不是文，而是以左海笔名发表的题画诗。

邓拓的诗词记录了他的生命轨迹，是我们在研究和写作邓拓传记过程中反复阅读的。1979年，"三家村"冤案平反，人民文学出版社出版了《邓拓诗词选》，共收入邓拓诗词近三百首，聂荣臻同志为之作序。我们曾尝试为少量诗词作过注释，并写过若干篇赏析文章。最近，邓拓夫人丁一岚同志告诉我们，经过这十多年的整理，她收集到迄今为止所能找到的邓拓诗词四百多首，可以出一本比较完整的集子。她希望我们能帮助做些注释工作，我们自然欣然从命。遗憾的是，顾行在十年浩劫中留下的心脏病越来越重，刚动完手术正在康复中，不能和我一起执笔。这个任务只好由我一个人来完成了。

特别要感谢晋察冀日报的许多老同志，他们在注释工作中给了我热忱的帮助。

希望通过这本诗集，能有更多的人了解邓拓，热爱中华民族光辉灿烂的文化，珍惜我们曾经付出沉痛代价所得到的一切。

成 美

1993年5月于中国人民大学